16	3	2	13
5	10	11	8
9	6	7	12
4	15	14	1

Coleção LESTE

Ivan Turguêniev

RÚDIN

Tradução, posfácio e notas
Fátima Bianchi

editora■34

EDITORA 34

Editora 34 Ltda.
Rua Hungria, 592 Jardim Europa CEP 01455-000
São Paulo - SP Brasil Tel/Fax (11) 3811-6777 www.editora34.com.br

Copyright © Editora 34 Ltda., 2012
Tradução © Fátima Bianchi, 2012

A FOTOCÓPIA DE QUALQUER FOLHA DESTE LIVRO É ILEGAL E CONFIGURA UMA
APROPRIAÇÃO INDEVIDA DOS DIREITOS INTELECTUAIS E PATRIMONIAIS DO AUTOR.

Imagem da capa:
Vassíli Poliénov, Retrato do artista Iliá Riépin, *1879,*
óleo s/ tela, 62,2 x 77,7 cm, Galeria Tretiakóv, Moscou (detalhe)

Capa, projeto gráfico e editoração eletrônica:
Bracher & Malta Produção Gráfica

Revisão:
Cecília Rosas, Cide Piquet

1ª Edição - 2012 (3ª Reimpressão - 2023)

CIP - Brasil. Catalogação-na-Fonte
(Sindicato Nacional dos Editores de Livros, RJ, Brasil)

	Turguêniev, Ivan, 1818-1883
T724r	Rúdin / Ivan Turguêniev; tradução, posfácio e notas de Fátima Bianchi — São Paulo: Editora 34, 2012 (1ª Edição). 208 p. (Coleção Leste)
	Tradução de: Rúdin
	ISBN 978-85-7326-501-9
	1. Literatura russa. I. Bianchi, Fátima. II. Título. III. Série.

CDD - 891.73

RÚDIN

Rúdin 9

Posfácio da tradutora 187

Traduzido do original russo *Pólnoie sobránie sotchiniénii i pisem* (Obras completas em trinta volumes), de Ivan Serguêievitch Turguêniev, Leningrado, Instituto de Literatura Russa (Casa de Púchkin), Academia de Ciências da URSS, 1960-1968.

RÚDIN

I

Manhã calma de verão. O sol já estava bem alto no céu claro, mas o orvalho ainda brilhava nos campos; dos vales há pouco despertos soprava uma brisa fresca e perfumada e os primeiros pássaros cantavam alegremente no bosque ainda úmido e silencioso. No topo de uma colina em declive, coberta de cima a baixo de centeio no início da floração, avistava-se uma pequena aldeia. Em direção a essa aldeia, por uma estradinha vicinal estreita, caminhava uma jovem senhora trajando um vestido de musselina branca, chapéu de palha redondo e com uma sombrinha à mão. Um pajem a seguia a certa distância.

Ela ia sem pressa e parecia deleitar-se com o passeio. Em redor, longas vagas deslizavam pelo centeio alto e movediço com um farfalho suave, fazendo rutilar uma ondulação ora verde-prata, ora avermelhada; no alto trinavam as cotovias. A jovem senhora vinha de sua própria aldeia, que ficava a não mais de uma versta[1] do pequeno vilarejo para onde se dirigia; chamava-se Aleksandra Pávlovna Lipina. Viúva sem filhos e bastante rica, morava com o irmão, o oficial de cavalaria reformado Serguêi Pávlovitch Volíntsev. Ele não era casado e administrava a propriedade da irmã.

Aleksandra Pávlovna chegou à pequena aldeia, deteve-se diante da última isbá, muito baixa e decrépita, chamou seu

---

[1] Antiga unidade de medida russa, equivalente a 1,067 quilômetros. (N. da T.)

criado e mandou-o entrar e perguntar pela saúde da dona da casa. Ele logo voltou acompanhado de um mujique idoso de barba branca.

— E então? — perguntou Aleksandra Pávlovna.

— Ainda está viva... — proferiu o velho.

— Posso entrar?

— Como não? Pode.

Aleksandra Pávlovna entrou na isbá. Era apertada, abafada e enfumaçada. Alguém começou a se remexer e a gemer na *lejánka*.[2] Aleksandra Pávlovna olhou em torno e viu na penumbra a cabeça amarela e enrugada da velha enrolada num lenço xadrez. Coberta até o peito com um casaco pesado, ela respirava com dificuldade e mal conseguia movimentar as mãos magras.

Aleksandra Pávlovna aproximou-se da velha e tocou-lhe a fronte com os dedos... Estava em brasa.

— Como está se sentindo, Matriôna? — perguntou, inclinando-se sobre a *lejánka*.

— Ai, ai! — gemeu a velhinha, fixando o olhar em Aleksandra Pávlovna. — Mal, minha querida, mal! Chegou a hora da morte, minha pombinha!

— Deus é benevolente, Matriôna: pode ser que melhore. Tomou o remédio que lhe trouxe?

A velhinha começou a gemer melancolicamente e não respondeu. Não ouvira bem a pergunta.

— Tomou — proferiu o velho, parado junto à porta.

Aleksandra Pávlovna dirigiu-se a ele.

— Não há mais ninguém para cuidar dela? — perguntou.

— Tem a menina, a neta, mas não para aqui. Não consegue ficar no lugar: tem bicho-carpinteiro. Podia dar água

---

[2] Saliência comprida e baixa construída com tijolos junto à antiga lareira russa, que servia como leito para se aquecer. (N. da T.)

para a velha beber — se não fosse a preguiça. E eu já estou velho: o que posso fazer?

— Não seria melhor se a levasse comigo para o hospital?

— Não! Hospital pra quê? Vai morrer, de qualquer modo. Viveu o bastante; pelo jeito, é o que Deus quer. Já nem sai da cama. Como então poderia ir para o hospital? Se tentarem levantá-la, aí sim há de esticar as canelas.

— Ai — começou a gemer a doente —, minha linda senhora, não abandone minha pobre órfã, nossos amos estão longe, mas você...

A velha calou-se. Custava-lhe muito falar.

— Não se preocupe — proferiu Aleksandra Pávlovna —, tudo será feito. Aqui estão o chá e o açúcar que lhe trouxe. Se tiver vontade, beba... Têm aqui um samovar? — acrescentou, lançando um olhar para o velho.

— Samovar? Não temos samovar, mas podemos arranjar um.

— Então arranjem, senão trarei o meu. E ordene à sua neta que não se ausente. Diga-lhe que isso é uma vergonha.

O velho nada respondeu, mas pegou o embrulho de chá e açúcar com as duas mãos.

— Bem, até logo, Matriôna! — proferiu Aleksandra Pávlovna —, ainda voltarei para vê-la, mas nada de desânimo, e tome o remédio regularmente...

A velha soergueu a cabeça e estendeu o olhar em direção a Aleksandra Pávlovna.

— Dê-me a mão, senhora — balbuciou ela.

Aleksandra Pávlovna não lhe deu a mão — inclinou-se e beijou-a na fronte.

— Olhe lá — disse para o velho, ao sair —, dê-lhe sem falta o remédio, como está escrito... E deixe que tome chá à vontade...

Outra vez o velho nada respondeu, limitando-se a uma reverência.

Aleksandra Pávlovna respirou aliviada ao ver-se ao ar livre. Abriu a sombrinha e já ia para casa quando, de repente, do canto de uma isbá surgiu numa *drójki*[3] baixinha de corrida um homem de uns trinta anos vestindo uma sobrecasaca velha de linho cinza e um boné de mesmo tecido. Ao ver Aleksandra Pávlovna, parou imediatamente o cavalo e voltou-se para ela. Seu rosto largo e pálido, de olhos pequenos, acinzentados e bigode meio esbranquiçado, combinava com a cor da sua roupa.

— Bom dia — proferiu com um risinho indolente —, o que faz por aqui, se me permite saber?

— Vim visitar uma doente... E de onde está vindo, Mikháilo Mikháilitch?[4]

O homem, que se chamava Mikháilo Mikháilitch, fitou-a nos olhos e tornou a sorrir.

— Faz bem — continuou ele — em visitar a doente; mas não seria melhor levá-la para o hospital?

— Está fraca demais: é impossível removê-la.

— E o hospital, não tem a intenção de dar um fim nele?

— Dar um fim nele? Por quê?

— Achei que sim.

— Que ideia estranha, essa! Como pôde lhe passar pela cabeça?

— É que a senhora se dá bem com a Lassúnskaia e, ao que parece, está sob sua influência. Na opinião dela, hospitais, escolas — isso tudo é bobagem, invencionice desnecessária. A filantropia deve ser pessoal e a educação também: isso tudo é assunto do coração...[5] parece que é assim

---

[3] Carruagem leve, aberta, de quatro rodas, para distâncias curtas. (N. da T.)

[4] Corruptela do patronímico Mikháilovitch. (N. da T.)

[5] Turguêniev faz sua personagem ecoar uma opinião de Gógol, que

que se expressa. De onde tirou essa ideia é o que eu gostaria de saber.

Aleksandra Pávlovna começou a rir.

— Dária Mikháilovna é uma mulher inteligente, gosto muito dela e a respeito; mas também pode se enganar e não é em tudo o que diz que ponho fé.

— E faz muito bem — replicou Mikháilo Mikháilitch, ainda sem apear da *drójki* —, porque nem ela mesma põe fé nas próprias palavras. Estou muito contente por tê-la encontrado.

— E por quê?

— Boa pergunta! Como se não fosse sempre um prazer encontrá-la! Hoje está com uma aparência tão encantadora e fresca quanto a manhã.

Aleksandra Pávlovna tornou a rir.

— Do que está rindo?

— Como do quê? Se pudesse ver a expressão fria e indolente com que proferiu seu elogio! Admira-me que não tenha bocejado na última palavra.

— Expressão fria... precisa sempre de fogo; mas o fogo não leva a nada. Ele se inflama, enche de fumaça e se apaga.

— E aquece — acrescentou Aleksandra Pávlovna.

— É verdade... e queima.

— Mas e daí que queima?! Isso também não é nenhuma desgraça. E ainda assim é melhor do que...

— Pois quero ver se vai dizer a mesma coisa quando, uma vez que seja, ficar bem queimada — interrompeu-a aborrecido Mikháilo Mikháilitch e fustigou o cavalo com a rédea. — Adeus!

em *Trechos escolhidos da correspondência com amigos* (1847), ao se posicionar contra escolas rurais, asilos e estabelecimentos filantrópicos, exigia que a ajuda aos "pobres e sofredores fosse feita através da caridade pessoal". (N. da T.)

— Mikháilo Mikháilitch, espere! — gritou Aleksandra Pávlovna. — Quando virá nos visitar?

— Amanhã; mande lembranças ao seu irmão.

E a *drójki* partiu.

Aleksandra Pávlovna seguiu Mikháilo Mikháilitch com o olhar.

"Parece um saco!" — pensou ela. Curvado, coberto de poeira e com o boné virado para a nuca, de onde se eriçavam tufos desordenados de cabelos louros, parecia realmente um grande saco de farinha.

Aleksandra Pávlovna tomou lentamente o caminho de volta para casa. Caminhava de olhos baixos. Um tropel de cavalo que se aproximava a fez parar e erguer a cabeça... Seu irmão vinha a cavalo encontrá-la; ao seu lado caminhava um jovem de altura mediana, usando uma sobrecasaca leve desabotoada, gravata e chapéu cinza também leves e bengala na mão. Já vinha sorrindo de longe para Aleksandra Pávlovna, embora percebesse que ela estava distraída, sem nada notar, e logo que ela parou, aproximou-se e disse alegremente, quase com ternura:

— Bom dia, Aleksandra Pávlovna, bom dia!

— Ah! Konstantin Diomíditch! — respondeu ela. — Vem da casa de Dária Mikháilovna?

— Exatamente, senhora, exatamente — replicou o jovem, com uma expressão radiante —, da casa de Dária Mikháilovna. Dária Mikháilovna enviou-me à sua; preferi vir a pé... A manhã está tão maravilhosa, e são apenas quatro verstas de distância. Cheguei — e não a encontrei. Seu irmão disse-me que tinha vindo a Semiónovka e que ele mesmo viria ver a lavoura, pois então vim com ele ao seu encontro. Realmente, senhora, como isto é agradável!

O jovem falava russo com pureza e correção, mas com um sotaque estrangeiro, se bem que fosse difícil determinar qual exatamente. Em suas feições havia algo de asiático. O nariz longo ligeiramente aquilino, os olhos grandes fixos e saltados, os lábios vermelhos e grossos, a fronte inclinada e os cabelos negros como azeviche — tudo nele denunciava a origem oriental; mas o sobrenome do jovem era Pandaliévski e ele chamava Odessa de sua terra natal, embora tivesse sido criado em algum lugar da Bielorrússia, às expensas de uma viúva rica e benevolente. Uma outra viúva arranjara-lhe um cargo público. Em geral, as senhoras de meia-idade protegiam de bom grado Konstantin Diomíditch: ele sabia procurar e sabia encontrá-las. E mesmo agora vivia na casa de uma rica proprietária de terras, Dária Mikháilovna Lassúnskaia, na qualidade de filho adotivo ou parasita. Era muito carinhoso, obsequioso, sensível e secretamente voluptuoso, possuía uma voz agradável, tocava piano razoavelmente e, quando falava com alguém, tinha o hábito de cravar-lhe os olhos. Vestia-se com muito asseio e usava as roupas por muito tempo, escanhoava cuidadosamente o queixo amplo e penteava-se com esmero.

Aleksandra Pávlovna ouviu tudo o que ele tinha a dizer e dirigiu-se ao irmão.

— Hoje foi o dia dos encontros: ainda há pouco estava conversando com Liéjnev.

— Ah! Com ele? Ia a algum lugar?

— Sim; e, imagine, numa *drójki* de corrida, vestindo uma espécie de saco de linho todo empoeirado... Que extravagante!

— Talvez seja: mas é ótima pessoa.

— Quem é esse senhor Liéjnev? — perguntou Pandaliévski, parecendo surpreso.

— Ah, Mikháilo Mikháilitch Liéjnev — replicou Volíntsev. — Mas até logo, irmã: tenho de ir à roça; estão semeando seu trigo sarraceno. O senhor Pandaliévski a acompanhará até em casa.

E Volíntsev saiu a trote.

— Com o maior prazer! — exclamou Konstantin Diomíditch e ofereceu a mão a Aleksandra Pávlovna.

Ela lhe estendeu a sua e ambos tomaram o caminho em direção à propriedade dela.

Caminhar de braço dado com Aleksandra Pávlovna parecia proporcionar grande prazer a Konstantin Diomíditch; andava a passos miúdos, sorria, e seus olhos orientais chegavam a ficar úmidos, o que, aliás, não era raro acontecer-lhe: a Konstantin Diomíditch não custava nada enternecer-se e derramar lágrimas. E quem não teria prazer em dar o braço a uma mulher graciosa, jovem e esbelta? Toda a província ...aia era unânime em dizer que Aleksandra Pávlovna era um encanto, e a província ...aia não se enganava. Só o seu narizinho reto, ligeiramente arrebitado, já poderia enlouquecer qualquer mortal, sem falar dos olhos castanhos aveludados, dos cabelos castanhos dourados, das covinhas nas faces arredondadas e de outros encantos. Mas o que tinha de melhor era a expressão agradável do rosto: confiante, gentil e doce, era tocante e atraente ao mesmo tempo. Aleksandra Pávlovna tinha o olhar e o sorriso de uma criança; as senhoras a achavam simplória... Que mais se poderia desejar?

— Dária Mikháilovna o enviou à minha casa, o senhor disse? — perguntou ela a Pandaliévski.

— Sim, enviaram-me, senhora — falou, pronunciando a letra "s" como o "th" inglês —, desejam impreterivelmente que lhes dê a honra de jantar com eles hoje e mandaram-me pedir-lhe encarecidamente... (Pandaliévski, quando falava de uma terceira pessoa, em especial de uma dama, empregava à risca a terceira pessoa do plural.) Esperam um novo convidado, que desejam sem falta apresentar-lhe.

— Quem é?

— Um certo Muffel, um barão, camarista da corte, de

Petersburgo. Dária Mikháilovna o conheceu recentemente na casa do príncipe Gárin e refere-se a ele com altos elogios, como um homem jovem, amável e instruído. O senhor barão também se dedica à literatura, ou, melhor dizendo... ah, que linda borboleta! Permita-me chamar-lhe a atenção... ou melhor, à economia política. Escreveu um artigo sobre uma questão muito interessante e deseja submetê-lo à apreciação de Dária Mikháilovna.

— Um artigo sobre economia política?

— Do ponto de vista da linguagem, Aleksandra Pávlovna, do ponto de vista da linguagem, senhora. Suponho que saiba que Dária Mikháilovna é uma autoridade também nesse assunto, senhora. Jukóvski[6] lhe pedia conselhos, e meu benfeitor, que mora em Odessa, o venerável *stárietz*[7] Roksolan Mediárovitch Ksandrika...[8] Sem dúvida conhece de nome esse indivíduo?

— De modo algum, nunca ouvi falar dele.

— Não ouviu falar de um homem desses? Surpreendente! Queria dizer que também Roksolan Mediárovitch sempre teve em alta conta os conhecimentos de Dária Mikháilovna quanto à língua russa.

— E esse barão não é pedante? — perguntou Aleksandra Pávlovna.

— De modo algum, senhora; Dária Mikháilovna diz que, ao contrário, nele logo se vê um homem do mundo. Falou de Beethoven com tanta eloquência que até o velho

---

[6] Vassili Jukóvski (1783-1852), célebre poeta e tradutor pré-romântico. (N. da T.)

[7] Ancião, velho monge. (N. da T.)

[8] Turguêniev se refere aqui a Aleksandr Sturdza (1791-1854), descendente de antiga família da Moldávia, funcionário do Ministério das Relações Exteriores russo e autor de vários livros de conteúdo político e religioso. (N. da T.)

Rúdin

príncipe ficou encantado... Isso, confesso, gostaria de ter ouvido: já que é um assunto da minha alçada. Permita-me oferecer-lhe esta linda flor do campo.

Aleksandra Pávlovna pegou a flor e, depois de avançar alguns passos à frente, deixou-a cair na estrada... Até sua casa restavam uns duzentos passos, não mais. Recém-construída e caiada, parecia acolhedora, com suas janelas amplas e claras, por trás da folhagem espessa das antigas tílias e bordos.

— E, então, o que devo informar a Dária Mikháilovna — começou a falar Pandaliévski, ligeiramente ofendido pela sorte da flor que lhe oferecera —, que irá ao jantar? Convidam também seu irmão.

— Sim, iremos, sem falta. E como está Natacha?[9]

— Natália Aleksêievna, graças a Deus, está bem, senhora... Mas já passamos a curva que leva à propriedade de Dária Mikháilovna. Permita que me despeça.

Aleksandra Pávlovna deteve-se.

— Mas não vai entrar? — perguntou, com voz hesitante.

— Gostaria, sinceramente, senhora, mas receio atrasar-me. Dária Mikháilovna deseja ouvir um novo estudo de Thalberg:[10] então preciso preparar-me e estudar um pouco. Além disso, confesso, duvido que minha conversa possa lhe proporcionar algum prazer.

— Mas, não... por que então...

Pandaliévski suspirou e baixou os olhos com um ar expressivo.

— Até logo, Aleksandra Pávlovna! — proferiu ele, após breve silêncio, inclinou-se e deu um passo atrás.

Aleksandra Pávlovna voltou-se e foi para casa.

---

[9] Diminutivo de Natália. (N. da T.)

[10] Sigismund Thalberg (1812-1871), pianista e compositor austríaco, que na época gozava de grande popularidade na Rússia. (N. da T.)

Konstantin Diomíditch também se dirigiu para casa. Imediatamente desapareceu-lhe do rosto toda a doçura: uma expressão confiante, quase severa, surgiu em seu lugar. Até o andar de Konstantin Diomíditch mudara; agora seus passos eram mais amplos e pesados. Percorreu umas duas verstas, agitando a bengala com desenvoltura, e de repente tornou a abrir um largo sorriso: avistara à beira da estrada uma jovem camponesa muito graciosa, que expulsava bezerros do aveal. Konstantin Diomíditch aproximou-se dela cautelosamente, como um gato, e pôs-se a falar-lhe. A princípio ela nada disse, enrubesceu e riu, por fim cobriu os lábios com as mangas, voltou-se e proferiu:

— Vá embora, senhor, ora...

Konstantin Diomíditch a ameaçou com o dedo e ordenou que lhe trouxesse violetas.

— Para que quer violetas? Talvez para fazer uma guirlanda? — replicou a jovem. — Pois sim, vá embora, ora essa...

— Ouça, minha gentil formosura — começou Konstantin Diomíditch...

— Agora, vá embora — interrompeu-o a jovem —, os filhos da patroa vêm aí.

Konstantin Diomíditch olhou em redor. De fato, Vânia e Piêtia, os filhos de Dária Mikháilovna, corriam pela estrada; atrás vinha o professor deles, Bassístov, um jovem de vinte e dois anos, que concluíra recentemente os estudos. Bassístov era um rapaz alto, de rosto comum, nariz grande, lábios espessos, olhinhos de suíno, feio e desajeitado, mas bom, honesto e franco. Vestia-se com negligência e não cortava os cabelos — não por afetação, mas por preguiça; gostava de comer e de dormir, mas apreciava também um bom livro, uma conversa animada, e detestava Pandaliévski com todas as suas forças.

Os filhos de Dária Mikháilovna adoravam Bassístov e não tinham nenhum medo dele, que era íntimo de todos os outros na casa — o que não era de todo agradável à sua patroa, por mais que ela tentasse explicar que não tinha preconceito.

— Bom dia, meus queridinhos! — pôs-se a falar Konstantin Diomíditch. — Como saíram cedo hoje para passear! Quanto a mim — acrescentou, dirigindo-se a Bassístov —, já saí faz tempo; minha paixão é desfrutar da natureza.

— Bem vimos como desfruta da natureza — murmurou Bassístov.

— É um materialista: agora mesmo, sabe Deus o que estará imaginando. Conheço-o bem. — Pandaliévski, quando falava com Bassístov ou com pessoas de condição semelhante, irritava-se facilmente e pronunciava a letra "s" com clareza, até com um leve assobio.

— Por suposto perguntava o caminho àquela moça? — proferiu Bassístov, olhando para a direita e para a esquerda.

Sentia o olhar de Pandaliévski cravado em seu rosto, o que lhe era extremamente desagradável.

— Repito: o senhor não passa de um materialista. Não deseja ver senão o lado prosaico em tudo...

— Meninos! — de repente Bassístov deu voz de comando. — Estão vendo aquele salgueiro no prado; vamos ver quem chega lá primeiro... Um! Dois! Três!

E as crianças saíram numa carreira até o salgueiro. Bassístov precipitou-se atrás delas.

"É um mujique!", pensou Pandaliévski, "acabará estragando esses meninos... Um perfeito mujique!"

E, lançando um olhar satisfeito para a sua própria figura, asseada e elegante, Konstantin Diomíditch espanou duas vezes a manga da sobrecasaca com os dedos abertos, deu uma sacudidela na gola e seguiu adiante. Ao voltar para seus aposentos, vestiu um velho roupão e sentou-se ao piano com ar preocupado.

II

A casa de Dária Mikháilovna Lassúnskaia era considerada uma das primeiras em toda a província ...aia. Grande, de pedra, construída de acordo com projetos de Rastrelli,[11] ao gosto do século passado, erguia-se majestosamente no topo de uma colina, em cujo sopé fluía um dos principais rios da Rússia central. A própria Dária Mikháilovna era uma senhora rica e ilustre, viúva de um conselheiro privado. Embora Pandaliévski contasse a seu respeito que conhecia toda a Europa — e que também a Europa a conhecia! —, a Europa, entretanto, mal sabia de sua existência, nem mesmo em Petersburgo desempenhava um papel importante; em Moscou, em compensação, todos a conheciam e frequentavam sua casa. Pertencia à alta sociedade e era tida como uma mulher um tanto estranha, não lá muito boa, mas extremamente inteligente. Na juventude fora uma beldade. Poetas escreviam-lhe versos, jovens apaixonavam-se por ela e senhores importantes arrastavam-lhe as asas. Mas desde então passaram-se uns vinte e cinco ou trinta anos, e de seu antigo charme não restara nem vestígio. "Será possível — perguntar-se-ia involuntariamente qualquer um que agora a visse pela primeira vez —, será possível que essa mulher magra, de tez

[11] Francesco Rastrelli (1700-1771), arquiteto italiano que fez toda a sua carreira na Rússia, onde construiu muitos palácios, sobretudo em Petersburgo. É um dos maiores representantes da arquitetura barroca russa de meados do século XVIII. (N. da T.)

amarelada, nariz afilado, que ainda nem é velha, tenha sido tão bela um dia? Será possível que seja aquela mesma por quem as liras vibravam?..."

E no fundo todos se surpreendiam com a efemeridade de tudo o que é terreno. É verdade que Pandaliévski achava espantoso que Dária Mikháilovna houvesse preservado seus magníficos olhos; mas, ora, o mesmo Pandaliévski assegurava que a Europa toda a conhecia.

Dária Mikháilovna vinha todo verão à sua propriedade no campo com os filhos (eram três: Natália, de dezessete anos, e dois filhos, de dez e nove anos) e vivia de portas abertas — isto é, recebia homens, sobretudo solteiros; não podia suportar as mulheres da província. Em compensação, o que não aguentava dessas senhoras em troca! Dária Mikháilovna, na opinião delas, era orgulhosa, imoral e uma tirana terrível; e, sobretudo, permitia-se tais liberdades nas conversas que eram de estarrecer! De fato, Dária Mikháilovna não gostava de se sentir tolhida no campo, e na simplicidade livre de sua conduta notava-se uma leve sombra de desdém da leoa da capital pelas tão obscuras e insignificantes criaturas que a cercavam... Também com os conhecidos da cidade comportava-se de modo bastante desenvolto e até sarcástico, mas sem qualquer sombra de desdém.

A propósito, leitor, já notou que pessoas excepcionalmente distraídas em relação a seus subordinados nunca o são com as de nível superior ao seu? De onde vem isso? Aliás, semelhantes perguntas não levam a nada.

Quando Konstantin Diomíditch, depois de decorar o estudo de Thalberg, enfim desceu de seu quarto limpo e alegre para a sala de visitas, encontrou todo o pessoal da casa reunido. O *salon* já começara. Acomodada em um amplo canapé, com as pernas encolhidas e folheando uma nova brochura francesa, estava a dona da casa; junto à janela, com bastidor na mão, encontravam-se de um lado a filha de Dária

Mikháilovna e do outro *Mlle*.[12] Boncourt, a governanta, uma solteirona velha e seca de uns sessenta anos, com uma peruca de cabelos pretos sob uma touca colorida e algodão nos ouvidos; num canto perto da porta instalara-se Bassístov, que lia um jornal, ao lado dele Piêtia e Vânia jogavam damas, e de pé, encostado à estufa e com as mãos atrás das costas havia um senhor de baixa estatura, cabelos eriçados e grisalhos, rosto moreno e olhos negros fugidios — um tal de Afrikan Semiónitch[13] Pigássov.

Esse senhor Pigássov era um homem estranho. Exasperado contra tudo e contra todos — sobretudo contra as mulheres —, altercava da manhã à noite, às vezes com muito acerto, às vezes de modo bem estúpido, mas sempre com prazer. Sua irritação beirava a infantilidade; seu riso, o som da sua voz, todo o seu ser parecia destilar fel. Dária Mikháilovna recebia Pigássov de bom grado: suas tiradas a divertiam. E, de fato, eram bem engraçadas. Exagerar tudo era a sua paixão. Por exemplo: se falassem de qualquer desgraça que fosse diante dele — se lhe contassem que um raio incendiara a aldeia, que o moinho de água se rompera, que um mujique cortara a mão com um machado —, toda vez ele perguntava com uma sanha concentrada: "E qual é o nome dela?" — ou seja, como se chama a mulher que causou essa desgraça, porque, de acordo com suas convicções, a mulher é a causa de todo infortúnio, basta penetrar mais fundo na questão para ver. Certa vez atirou-se de joelhos diante de uma senhora que mal conhecia e que o importunava com sua hospitalidade e, em lágrimas, mas com furor estampado no rosto, pôs-se a suplicar-lhe que o poupasse, pois não lhe havia feito nenhum mal, e a dizer que daí em diante não voltaria à

---

[12] Abreviatura de *Mademoiselle*, em francês no original. (N. da T.)

[13] Corruptela de Semiónovitch. (N. da T.)

sua casa. Uma vez um cavalo desceu a montanha a toda com uma das lavadeiras de Dária Mikháilovna, derrubou-a numa vala e quase a matou. Desde então Pigássov só se refere a este cavalo como bom, um bom cavalinho, e acha a própria montanha e a vala lugares extraordinariamente pitorescos. Pigássov não tivera sorte na vida — adotara então essa mania. Vinha de família pobre. O pai ocupou vários cargos sem importância, mal sabia ler e escrever e não se preocupara com a educação do filho; alimentava-o e vestia-o — mais nada. A mãe o cumulou de mimos, mas morreu cedo. O próprio Pigássov se educou, entrou por conta própria na escola do distrito, depois no ginásio, aprendeu línguas, francês, alemão e até latim, e ao sair do ginásio, com notas excelentes, dirigiu-se a Dorpat,[14] onde lutou constantemente contra a necessidade, mas conseguiu terminar o curso de três anos. A capacidade de Pigássov não ultrapassava o nível da mediocridade; distinguia-se pela paciência e perseverança, mas seu ponto forte era a ambição, o desejo de entrar para a boa sociedade e não ser inferior aos outros, a despeito do destino. Estudava com afinco e ingressou na Universidade de Dorpat por pura ambição. A pobreza o irritava e desenvolvera nele a capacidade de observação e a astúcia. Expressava-se com originalidade; desde a juventude adotara um gênero particular de eloquência biliosa e exasperada. Seus pensamentos não superavam o nível comum; seu modo de falar, porém, o fazia parecer uma pessoa não apenas inteligente, mas muito inteligente. Ao receber o título de mestre, Pigássov decidiu dedicar-se à pesquisa científica: bem sabia que, em qualquer outro campo de atividade, de modo algum poderia acompanhar os colegas (esforçava-se por escolhê-los nos círculos superiores

[14] Dorpat, nome alemão da cidade de Derpt, na Estônia, atualmente Tartu, célebre por sua universidade, fundada em 1632. (N. da T.)

e sabia como cair em suas graças, chegava mesmo a adulá-los, embora praguejasse o tempo todo). Mas para isso, para ser franco, faltavam-lhe miolos. Autodidata não por amor à ciência, na realidade Pigássov sabia muito pouco. Foi muito cruelmente reprovado na defesa, enquanto outro estudante, com quem dividia o quarto e do qual vivia caçoando, uma pessoa de capacidade bastante limitada, mas que obtivera uma educação correta e sólida, teve pleno êxito. Esse fracasso deixou Pigássov furioso: jogou no fogo todos os seus livros e cadernos e ingressou no serviço público. No início as coisas correram muito bem: era um funcionário excelente, não muito eficiente, mas em compensação extremamente autoconfiante e ativo; no entanto, queria tornar-se alguém o mais depressa possível — meteu-se numa embrulhada, deu um passo em falso e foi forçado a pedir demissão. Passou uns três anos num pequeno sítio que adquirira e de repente casou-se com uma rica proprietária de terras, semianalfabeta, que mordeu a isca por suas maneiras desembaraçadas e zombeteiras. Mas o temperamento de Pigássov já se tornara irritável e azedo demais; a vida familiar o incomodava... A esposa, depois de viver com ele alguns anos, partiu secretamente para Moscou e vendeu sua propriedade a um hábil especulador, sendo que Pigássov acabara de construir nela uma casa senhorial. Profundamente abalado por esse último golpe, Pigássov deu início a uma ação judicial contra a esposa, mas não ganhou nada... Passava seus dias solitário, percorria a vizinhança, que insultava pelas costas e até na cara e que o acolhia com uma espécie de riso constrangido, embora ele não lhe incutisse grave temor — e nunca mais pegou num livro. Possuía cerca de cem almas;[15] e seus mujiques não viviam mal.

[15] Termo com que se designavam os servos da gleba. (N. da T.).

— Ah! *Constantin*! — exclamou Dária Mikháilovna assim que Pandaliévski entrou na sala de visitas. — *Alexandrine*[16] virá?

— Aleksandra Pávlovna encarregou-me de agradecer-lhe e dizer que terá grande prazer em vir — replicou Konstantin Diomíditch, inclinando-se amavelmente para todos os lados e tocando os cabelos impecavelmente penteados com a mãozinha gorda, mas alva, de unhas com corte triangular.

— Volíntsev também virá?

— Também, senhora.

— De modo que, Afrikan Semiónitch — continuou Dária Mikháilovna, dirigindo-se a Pigássov —, a seu ver, todas as moças são afetadas?

Os lábios de Pigássov crisparam-se para o lado e ele começou a puxar nervosamente o cotovelo.

— Estou falando — começou ele com voz pausada: no auge do acesso de exasperação falava lentamente e com nitidez —, estou falando das moças em geral: quanto às presentes, obviamente, me calo...

— Mas isso não o impede de pensar o mesmo a respeito delas — interrompeu-o Dária Mikháilovna.

— Quanto a elas, calo-me — repetiu Pigássov. — Em geral todas as moças são afetadas ao extremo — afetadas na expressão dos sentimentos. Se uma moça está assustada, por exemplo, ou se está alegre ou aflita por algo, primeiro dá ao corpo uma inflexão elegante (e Pigássov curvou o tronco de maneira revoltante e estendeu os braços) e depois ainda solta um grito: ah! ou se põe a rir ou chorar, é infalível. No entanto (e nisso Pigássov sorriu satisfeito), certa vez consegui provocar uma expressão de sentimentos espontâneos e autênticos em uma moça de uma afetação notável!

---

[16] Em francês no original. (N. da T.)

— De que maneira?

Os olhos de Pigássov cintilaram.

— Por trás, espetei-a no quadril com uma estaca de álamo. Ela soltou um grito agudo e eu lhe disse: bravo! bravo! Eis a voz da natureza, esse foi um grito natural. Daqui em diante, aja sempre assim.

Todos na sala puseram-se a rir.

— Que disparate está dizendo, Afrikan Semiónitch! — exclamou Dária Mikháilovna. — Como se eu acreditasse que é capaz de espetar o quadril de uma jovem com uma estaca!

— Juro, com uma estaca, uma estaca enorme, semelhante àquelas usadas na defesa de fortalezas.

— *Mais c'est une horreur ce que vous dites là, monsieur*[17] — exclamou *Mlle*. Boncourt, lançando um olhar ameaçador às crianças, que caíram na gargalhada.

— Ora, não acreditem no que ele diz — replicou Dária Mikháilovna —, não o conhecem?

Mas a francesa, indignada, demorou para se acalmar e não parava de resmungar algo entre dentes.

— Podem não acreditar em mim — prosseguiu Pigássov com voz calma —, mas asseguro-lhes que disse a pura verdade. Quem poderia sabê-lo senão eu? Sendo assim, é provável que também não acreditem que a nossa vizinha Tchepuzova, Ieliena Antónovna, ela mesma, reparem, ela mesma me contou que matou o próprio sobrinho?

— Que invenção!

— Perdão, perdão! Depois de ouvirem, julguem por si mesmos. Reparem que não tenho a intenção de caluniá-la, até gosto dela, isto é, tanto quanto se pode gostar de uma mulher; não tem um único livro em toda a casa, além de um

---

[17] Em francês no original: "Mas é terrível o que diz, senhor". (N. da T.)

calendário, e não consegue ler a não ser em voz alta — esse exercício a faz transpirar e depois se queixa de que seus olhos estão fora das órbitas... Em suma, é uma boa mulher e suas criadas estão gordas. Por que haveria de caluniá-la?

— Bem! — observou Dária Mikháilovna. — Agora que Afrikan Semiónitch montou seu cavalo de batalha, não apeará dele até a noite.

— Meu cavalo de batalha... mas as mulheres têm pelo menos três, dos quais não apeiam nunca, a não ser quando dormem.

— Que três cavalos de batalha são esses?

— Censura, insinuação e recriminação.

— Sabe de uma coisa, Afrikan Semiónitch — começou Dária Mikháilovna —, há de haver uma razão para ser tão exasperado com as mulheres. Talvez alguma o tenha...

— Ofendido, a senhora quer dizer? — interrompeu-a Pigássov.

Dária Mikháilovna ficou um pouco embaraçada; lembrou-se do casamento infeliz de Pigássov... e limitou-se a abanar a cabeça.

— Realmente, uma mulher me ofendeu — proferiu Pigássov —, ainda que fosse boa, muito boa...

— Quem é ela?

— Minha mãe — proferiu Pigássov, baixando a voz.

— Sua mãe? Como poderia tê-lo ofendido?

— Ao me trazer ao mundo...

Dária Mikháilovna franziu o cenho.

— Parece-me — começou a dizer — que nossa conversa está tomando um rumo triste... *Constantin*, toque para nós o novo estudo de Thalberg... Quem sabe o som da música amansa Afrikan Semiónitch. Orfeu amansava até feras selvagens.

Konstantin Diomíditch sentou-se ao piano e tocou o estudo de maneira bastante satisfatória. A princípio Natália

Aleksêievna ouviu com atenção, depois voltou para o seu trabalho.

— *Merci, c'est charmant* — proferiu Dária Mikháilovna —, gosto de Thalberg. *Il est si distingué.*[18] Por que está pensativo, Afrikan Semiónitch?

— Penso — começou Pigássov devagar — que há três categorias de egoístas: os egoístas que vivem e deixam os outros viver; os egoístas que vivem e não deixam os outros viver; e enfim os egoístas que não vivem nem deixam os outros viver...[19] As mulheres, em sua grande maioria, pertencem à terceira categoria.

— Que amabilidade! Só me admira, Afrikan Semiónitch, a confiança que deposita em seus julgamentos: como se nunca estivesse sujeito a cometer erros.

— Quem disse? Também cometo erros; o homem também pode se equivocar. Mas sabe qual é a diferença entre nossos erros e os de uma mulher? Não sabe? Aí é que está: um homem, por exemplo, pode afirmar que dois mais dois não são quatro, mas cinco ou três e meio; enquanto a mulher dirá que dois mais dois são uma vela de estearina.

— Creio que já o ouvi dizer isso... mas permita-me perguntar-lhe, que relação há entre sua ideia dos três tipos de egoístas e a música que acaba de ouvir?

— Nenhuma, pois nem ouvi a música.

— Bem, você, meu caro, vejo que é incorrigível, não presta para nada — replicou Dária Mikháilovna, distorcendo

---

[18] Em francês no original: "Obrigada, é um encanto"; "Ele é tão distinto". (N. da T.)

[19] Da ode de Derjávin "Ao nascimento da tsarina Griemislava" (1789), que diz: "Viva e deixe os demais viverem, mas não à custa de outrem". (N. da T.)

um pouco o verso de Griboiêdov.[20] Do que gosta, então, já que nem a música lhe dá prazer? De literatura, talvez?

— Gosto de literatura, mas não da atual.

— Por quê?

— Vou dizer por quê. Há pouco tempo atravessei o Oká numa balsa junto com um cavalheiro. A balsa atracou num lugar escarpado: foi preciso arrastar as carruagens no muque. O cavalheiro tinha um coche muito pesado. Enquanto os carregadores se esfalfavam arrastando o carro para a margem, o cavalheiro, em pé na balsa, gemia tanto que era mesmo de dar pena... Aí está, pensei eu, uma nova aplicação do sistema de divisão do trabalho! Assim é a literatura atual: enquanto uns puxam e fazem o serviço, ela geme.

Dária Mikháilovna sorriu.

— E isso se chama reprodução da vida contemporânea — continuou o incansável Pigássov — com uma simpatia profunda pelas questões sociais e ainda de uma maneira... Ah, tenho horror a essas palavras altissonantes!

— Pois as mulheres, que o senhor tanto ataca, elas pelo menos não empregam palavras altissonantes.

Pigássov encolheu os ombros.

— Não empregam porque não são capazes.

Dária Mikháilovna corou ligeiramente.

— Começa a tornar-se insolente, Afrikan Semiónitch! — observou com um sorriso forçado.

Fez-se silêncio total na sala.

— Onde fica Zolotonocha? — perguntou de repente um dos meninos a Bassístov.

— Na província de Poltava, meu bem — respondeu

---

[20] Dária Mikháilovna cita um verso de *A desgraça de ter espírito*, de Aleksandr Griboiêdov (1795-1829), ligeiramente modificado: "E você, meu caro, é incurável, não presta para nada". (N. da T.)

prontamente Pigássov —, bem na Topetelândia. (Estava contente com a oportunidade de mudar de assunto.) — Aí está, falávamos de literatura — continuou ele —, se tivesse dinheiro sobrando, haveria de tornar-me agora mesmo um poeta pequeno-russo.[21]

— E o que vem a ser isso? Que belo poeta seria! — replicou Dária Mikháilovna. — Por acaso conhece o pequeno-russo?

— Nem um pouco; mas nem é necessário.

— Como não é necessário?

— Isso mesmo, não é necessário. Basta apenas pegar uma folha de papel e escrever em cima: "Uma balada"; depois começar assim: "Oh, sina, que sina a minha!" ou: "O cossaco Naliváiko[22] está sentado no monte!", e lá: "Ao pé do monte, ao pé do vale verde, grae, grae, voropae, upa! upa!" ou algo no gênero. E o negócio está feito. É só imprimir e editar. Ao ler isso, o pequeno-russo apoiará as faces nas mãos e infalivelmente se porá a chorar: é uma alma tão sensível!

— Deus do céu! — exclamou Bassístov. — O que está dizendo? Isso não tem nenhum sentido. Morei na Pequena-Rússia, gosto dela e conheço sua língua... "Grae, grae, voropae" é o mais completo disparate.

— Talvez, mas o topete[23] se porá a chorar do mesmo

---

[21] O personagem emprega "pequeno-russo" em vez de "ucraniano". Essa tirada de Pigássov reflete as inúmeras manifestações da imprensa russa reacionária dos anos de 1830-1840 contra a língua e a literatura ucraniana. (N. da T.)

[22] Chefe dos cossacos que dirigiu um movimento rebelde contra a Polônia em 1594. Era considerado herói por muitos poetas russos e ucranianos. (N. da T.)

[23] Modo depreciativo de se referir aos ucranianos na Rússia tsarista, por causa do topete que usavam no topo da cabeça. (N. da T.)

Rúdin

jeito. Fala da língua... Porventura existe uma língua pequeno-
-russa? Certa vez pedi a um topete que me traduzisse a primeira frase que me ocorreu: a gramática é a arte de ler e escrever corretamente. Quer saber como traduziu isso? Khra-
mática é a varte de vorretamente lere e escrevere...[24] O que
acha, isso é língua? Língua independente? Prefiro ver meu
melhor amigo triturado num pilão a concordar com isso...

Bassístov quis replicar.

— Deixe-o — proferiu Dária Mikháilovna —, pois sabe
que dele não ouvirá nada além de paradoxos.

Pigássov esboçou um sorriso sarcástico. Entrou um lacaio e anunciou a chegada de Aleksandra Pávlovna e o irmão.

Dária Mikháilovna levantou-se para receber os convidados.

— Bom dia, *Alexandrine*! — disse, aproximando-se dela.
— Fez muito bem em vir... Bom dia, Serguêi Pávlitch!

Volíntsev apertou a mão de Dária Mikháilovna e aproximou-se de Natália Aleksêievna.

— E esse barão, seu novo conhecido, virá hoje? — perguntou Pigássov.

— Sim, virá.

— Dizem que é um grande filósofo: tão radiante quanto
Hegel.

Dária Mikháilovna nada respondeu, fez Aleksandra Pá-
lovna sentar-se no canapé e instalou-se ao seu lado.

— A filosofia — continuou Pigássov — é um ponto de
vista elevado! Aí é que está, esses pontos de vista elevados,

---

[24] "*Khramátika i viskustvo pravilno tchitati i pissati.*" Em russo,
corretamente transliterado: "*Grammátika iskússtvo právilno tchitat i pis-
sat*". Na Rússia de então, era muito difundida a opinião de que a língua
ucraniana não passava de uma deformação, uma espécie de dialeto da
língua russa, e que qualquer tentativa de se criar uma literatura ucraniana
estava fadada ao fracasso. (N. da T.)

para mim, são de matar. — E o que se pode ver do alto? Por certo, quem quer comprar um cavalo não vai examiná-lo do alto de uma torre!

— Esse barão queria trazer-lhe um artigo, não é? — perguntou Aleksandra Pávlovna.

— Sim, um artigo — replicou Dária Mikháilovna com exagerada descontração — sobre a relação entre o comércio e a indústria na Rússia... Mas não tenha medo: não nos poremos a lê-lo aqui, não foi para isso que a chamei. *Le baron est aussi aimable que savant*. E fala o russo tão bem! *C'est un vrai torrent... il vous entraîne.*[25]

— E fala russo tão bem — resmungou Pigássov —, que merece elogios em francês.

— Continue resmungando, Afrikan Semiónitch, continue... Isso combina muito bem com seus cabelos desgrenhados... Entretanto, por que ele não vem? Sabem de uma coisa, *messieurs et mesdames* — acrescentou Dária Mikháilovna lançando um olhar em torno —, vamos para o jardim... Ainda resta cerca de uma hora para o almoço, e o dia está maravilhoso...

Toda a companhia se levantou e dirigiu-se ao jardim.

O jardim de Dária Mikháilovna estendia-se até o rio. Havia nele muitas alamedas antigas de tílias perfumadas cor de ouro-escuro, com clareiras verde-esmeralda nas extremidades e muitos caramanchões de acácias e lilases.

Volíntsev, junto com Natália e *Mlle*. Boncourt, foram até o fundo do jardim. Volíntsev caminhava em silêncio ao lado de Natália. *Mlle*. Boncourt os seguia a certa distância.

— Que fez hoje? — perguntou afinal Volíntsev, cofiando as pontas do bigode castanho-escuro.

Tinha os traços do rosto muito parecidos com os da

---

[25] "O barão é tão amável quanto sábio"; "É uma verdadeira torrente... ele nos arrebata." (N. da T.)

Rúdin

irmã, mas em sua expressão havia menos vivacidade e vida, e em seus olhos, belos e carinhosos, uma certa melancolia.

— Nada — respondeu Natália —, fiquei ouvindo as invectivas de Pigássov, bordei na talagarça e li.

— E o que estava lendo?

— Estava lendo... a história das cruzadas[26] — proferiu Natália com ligeira hesitação.

Volíntsev olhou para ela.

— Ah! — proferiu afinal. — Isso deve ser interessante.

Arrancou um ramo e pôs-se a rodopiá-lo no ar. Deram mais uns vinte passos.

— Quem é esse barão com quem sua mãe fez amizade? — tornou a perguntar Volíntsev.

— Um barão, camarista da corte imperial, recém-chegado, *maman* o elogia muito.

— Sua mãe se entusiasma facilmente.

— Isso demonstra que ainda é muito jovem de espírito — observou Natália.

— Sim. Em breve lhe trarei seu cavalo. Já está quase domado. Quero que aprenda a sair a galope, e hei de consegui-lo.

— *Merci*... No entanto, estou envergonhada. Saber que o está amestrando sozinho... dizem que é muito difícil...

— Para lhe proporcionar o menor prazer, Natália Aleksêievna, sabe que estou pronto... eu... e não essas ninharias...

Volíntsev titubeou.

Natália lançou-lhe um olhar amigável e tornou a dizer: *merci*.

— Sabe — prosseguiu Serguêi Pávlitch, após um longo

---

[26] É possível que Turguêniev se referisse ao livro de Joseph-François Michaud, *Histoire des croisades* (1812-1817), cuja tradução para o russo, de I. Butóvski, saiu em 1841. (N. da T.)

silêncio — que nada disso existe... Mas para que estou dizendo isso? Pois sabe tudo.

Nesse momento a sineta soou na casa.

— *Ah! La cloche du dîner!* — exclamou *Mlle.* Boncourt. — *Rentrons.*[27]

"*Quel dommage* — pensava consigo mesma a velha francesa, ao subir os degraus da escada do terraço atrás de Volíntsev e Natália —, *quel dommage que ce charmant garçon ait si peu de ressources dans la conversation...*"[28] — o que em russo pode ser traduzido como: você é encantador, meu caro, mas um pouco tolo.

O barão não veio para o jantar. Esperaram-no mais meia hora.

A conversa à mesa não engrenava. Serguêi Pávlitch, que se sentara ao lado de Natália, não parava de olhar para ela e enchia-lhe com diligência o copo de água. Pandaliévski tentava em vão atrair a atenção da vizinha, Aleksandra Pávlovna: derretia-se todo em doçuras, mas ela quase bocejava.

Bassístov fazia bolinhas de miolo de pão e não pensava em nada; até Pigássov mantinha-se calado, e quando Dária Mikháilovna observou que hoje ele não estava sendo muito cortês, respondeu com um ar macambúzio: "E desde quando sou amável? Isso não é do meu feitio...", e acrescentou, com um sorriso amargo: "Tenha um pouco de paciência. Não passo de um *kvas, du prostoï kvas*[29] russo, enquanto seu *kamer-iunker...*".[30]

---

[27] "Ah! Estão chamando para o jantar! Voltemos!" (N. da T.)

[28] "Que pena... que pena que esse rapaz tão encantador tenha tão poucos recursos numa conversa..." (N. da T.)

[29] Em russo, transliterado como francês no original: "du prostoï" quer dizer "de um simples". *Kvas*: bebida popular fermentada, não alcoólica, feita de pão de centeio. (N. da T.)

[30] Camarista da corte imperial. (N. da T.)

— Bravo! — exclamou Dária Mikháilovna. — Pigássov está com ciúme, ciúme por antecipação!

Mas Pigássov nada respondeu e limitou-se a olhá-la de soslaio.

Bateram sete horas e todos tornaram a se reunir na sala.

— Pelo visto, não virá — disse Dária Mikháilovna.

Mas eis que se ouviu o barulho de uma carruagem, uma pequena *tarantás*[31] entrou no pátio e, alguns instantes depois, um lacaio entrou na sala de visitas e entregou a Dária Mikháilovna uma carta em uma bandeja de prata. Ela a percorreu com os olhos até o fim e, dirigindo-se ao lacaio, perguntou:

— E onde está o senhor que trouxe esta carta?

— No carro, senhora. Devo pedir-lhe que entre?

— Peça-lhe.

O lacaio saiu.

— Imaginem, que lástima — continuou Dária Mikháilovna —, o barão recebeu ordem de voltar imediatamente a Petersburgo. Enviou-me o artigo por intermédio de um amigo, um certo senhor Rúdin. Queria apresentá-lo a mim: elogia-o muito. Mas que lástima! Esperava que o barão passasse um tempo aqui...

— Dmitri Nikoláievitch Rúdin — anunciou o lacaio.

[31] Carruagem própria para estradas longas e instáveis. (N. da T.)

Ivan Turguêniev

III

Entrou um homem de cerca de trinta e cinco anos, alto, um pouco curvado, cabelos crespos, moreno, rosto irregular, mas expressivo e inteligente, com um brilho pálido nos olhos azuis-escuros e vivos, nariz largo e reto e lábios bem contornados. A roupa não era nova e estava apertada, como se tivesse ficado pequena para ele.

Aproximou-se com destreza de Dária Mikháilovna e, inclinando-se ligeiramente, disse-lhe que já há tempo desejava ter a honra de ser-lhe apresentado, e que seu amigo, o barão, lamentava muito não ter podido despedir-se dela pessoalmente.

A voz fina de Rúdin não correspondia a sua altura e seu peito largo.

— Queira sentar-se... muito prazer — proferiu Dária Mikháilovna e, após tê-lo apresentado a todos os presentes, perguntou-lhe se era do local ou só estava de passagem.

— Minha propriedade fica na província T... — respondeu Rúdin, segurando o chapéu sobre os joelhos —, e estou aqui há pouco tempo. Vim a negócios e instalei-me por enquanto em sua cidade de província.

— Em casa de quem?

— Em casa do médico. É um velho camarada da universidade.

— Ah! Em casa do médico... É muito elogiado. Dizem que entende de seu ofício. E conhece o barão há muito tempo?

— Encontrei-o em Moscou neste inverno e agora passei cerca de uma semana em sua casa.

— É um homem muito inteligente, o barão.

— É verdade, senhora.

Dária Mikháilovna cheirou o nó de seu lenço, embebido em água-de-colônia.

— É funcionário público? — perguntou.

— Quem? Eu, senhora?

— Sim.

— Não... Pedi demissão.

Seguiu-se um curto silêncio. A conversação geral foi retomada.

— Desculpe-me a curiosidade — começou Pigássov, dirigindo-se a Rúdin —, conhece o conteúdo do artigo enviado pelo senhor barão?

— Conheço.

— Esse artigo trata das relações entre o comércio... ou não, quer dizer, entre a indústria e o comércio em nossa pátria. Foi como, parece-me, dignou-se expressar-se, Dária Mikháilovna?

— Sim, trata disso — proferiu Dária Mikháilovna, levando a mão à fronte.

— Naturalmente, nesse assunto sou péssimo juiz — prosseguiu Pigássov —, mas devo confessar que o próprio título do artigo parece-me extremamente... como dizê-lo de maneira mais delicada?... Extremamente obscuro e confuso.

— E por que acha isso?

Pigássov sorriu e lançou um olhar de relance para Dária Mikháilovna.

— E para o senhor, ele é claro? — disse, voltando sua cara de raposa de novo para Rúdin.

— Para mim? Sim.

— Hum... Certamente, deve saber melhor.

— Está com dor de cabeça? — perguntou Aleksandra Pávlovna a Dária Mikháilovna.

— Não. Não é nada... *C'est nerveux.*[32]

— Desculpe-me a curiosidade — tornou a dizer Pigássov, com voz fanhosa — seu amigo, o senhor barão Muffel... parece-me que é assim que se chama?

— Perfeitamente.

— O senhor barão Muffel dedica-se à economia política em especial ou consagra a essa interessante ciência apenas as horas de lazer que lhe sobram entre os prazeres mundanos e os deveres oficiais?

Rúdin olhou atentamente para Pigássov.

— O barão é um diletante nesse assunto — respondeu, corando ligeiramente —, mas há muita coisa justa e curiosa em seu artigo.

— Não posso discutir com o senhor sem conhecer o artigo... Mas atrevo-me a perguntar: a obra de seu amigo, o barão Muffel, sem dúvida, atém-se mais a considerações gerais do que a fatos?

— Nela há tanto fatos como considerações baseadas em fatos.

— Sim, senhor, muito bem. Devo dizer-lhe que, a meu ver... também posso manifestar minha opinião, mediante a oportunidade; passei três anos em Dorpat... todas essas assim chamadas considerações gerais, hipóteses e sistemas... queira me desculpar, mas sou um provinciano, digo a verdade sem rodeios... não servem para nada. Isso tudo não passa de filosofismo — só serve para engabelar as pessoas. Transmitam-nos fatos, senhores, é o que basta.

— Realmente! — replicou Rúdin. — Mas e o sentido dos fatos, não é preciso transmitir?

[32] "É dos nervos." (N. da T.)

— Considerações gerais! — prosseguiu Pigássov. — Para mim são a morte essas considerações gerais, esses comentários e conclusões! Tudo isso está baseado nas assim chamadas convicções; cada um fala de suas convicções e ainda exige respeito a elas, só pensa nelas... Sim, senhor!

E Pigássov sacudiu os punhos no ar. Pandaliévski desatou a rir.

— Magnífico! — proferiu Rúdin. — Quer dizer que, a seu ver, não existem convicções?

— Não, não existem mesmo.

— Essa é a sua convicção?

— Sim.

— Então como pode dizer que elas não existem? Aí já está uma para começar.

Todos na sala entreolharam-se e sorriram.

— Desculpe-me, desculpe-me, mas — ia começando Pigássov...

Mas Dária Mikháilovna começou a bater palmas e exclamou: "Bravo, bravo, Pigássov está derrotado, derrotado!" — e de mansinho tirou o chapéu das mãos de Rúdin.

— Espere para se alegrar, senhora: terá tempo! — disse Pigássov com despeito. — Não basta proferir, com ar de superioridade, uma palavrinha espirituosa: tem de demonstrar, refutar... Desviamo-nos do assunto da discussão.

— Perdão — observou Rúdin com frieza —, a questão é muito simples. Não vê utilidade nas considerações gerais e não acredita em convicções...

— Não acredito, não acredito, não acredito em nada.

— Muito bem. É um cético.

— Não vejo necessidade de empregar palavra tão erudita. Aliás...

— Mas não o interrompa! — interveio Dária Mikháilovna.

"Isso, ataca, ataca!" — disse Pandaliévski com seus botões nesse instante, todo sorridente.

— Esta palavra exprime meu pensamento — prosseguiu Rúdin. — O senhor a entende: então por que não empregá-la? Diz não acreditar em nada... Por que então acredita nos fatos?

— Como, por quê? Essa é boa! Os fatos são uma coisa notória, todo mundo sabe o que são os fatos. Julgo-os por experiência, por sentimento próprio.

— Mas será que os sentimentos não podem enganá-lo? Os sentimentos lhe dizem que o sol gira em torno da terra... ou será que não concorda com Copérnico? Nem nele acredita?

Um sorriso voltou a perpassar o rosto de cada um, e os olhos de todos fixaram-se em Rúdin. "Não é nenhum tolo" — pensavam todos.

— Leva tudo na brincadeira — começou a dizer Pigássov. — Com certeza, isso é muito original, mas não leva a nada.

— No que eu disse até agora — replicou Rúdin —, infelizmente, há muito pouca originalidade. Isso tudo é bastante sabido e foi dito milhares de vezes. Não é disso que se trata...

— E do que é, então? — perguntou Pigássov quase com insolência.

Numa discussão, primeiro zombava do adversário, depois tornava-se grosseiro e por fim ficava amuado e em silêncio.

— Eis do que se trata — continuou Rúdin. — Confesso que não consigo deixar de lamentar sinceramente quando pessoas inteligentes atacam, na minha presença...

— Os sistemas? — interrompeu-o Pigássov.

— Sim, pode ser, que sejam os sistemas. Por que essa

palavra o assusta tanto? Todo sistema baseia-se no conhecimento de leis fundamentais, dos princípios da vida...

— Mas não se pode conhecê-los, descobri-los... ora!

— Com licença. É claro que não são acessíveis a todo mundo, e errar é humano. Todavia, certamente haverá de concordar comigo, por exemplo, que Newton descobriu pelo menos algumas destas leis fundamentais. Era um gênio, admitamos; mas as descobertas dos gênios são grandes porque se tornam patrimônio de todos. O anseio de descobrir princípios gerais em fenômenos particulares é uma das propriedades fundamentais da mente humana e de toda a nossa educação.

— Eis aonde quer chegar! — interrompeu Pigássov com voz arrastada. — Sou homem prático e nessas sutilezas metafísicas todas não entro nem quero entrar.

— Perfeito! Como preferir. Mas repare que o simples desejo de ser um homem exclusivamente prático já é uma espécie de sistema, de teoria...

— Educação! diz o senhor — replicou Pigássov —, eis o que ainda inventa para impressionar! É muito necessária, essa tão apregoada educação! Não daria um tostão furado por essa sua educação!

— Entretanto, como argumenta mal, Afrikan Semiónitch! — observou Dária Mikháilovna, intimamente muito satisfeita com a calma e polidez requintada de seu novo amigo. — *"C'est un homme comme il faut"*[33] — pensou com seus botões, fitando com uma atenção benevolente o rosto de Rúdin. — É preciso tratá-lo bem." As últimas palavras, pronunciou mentalmente em russo.

— Não me porei a defender a educação — continuou Rúdin após um breve silêncio —, que não necessita da minha

---

[33] "Isso sim é um homem." (N. da T.)

defesa. O senhor não a aprecia... cada um com seu gosto. Além do mais, isso nos levaria longe demais. Permita-me apenas lembrar-lhe um antigo provérbio: "Júpiter, se você está zangado, é porque tem culpa".[34] Queria dizer que todas essas investidas contra os sistemas, as considerações gerais, etc. são particularmente lastimáveis porque, junto com os sistemas, o homem em geral nega o conhecimento, a ciência e a fé nela, e com isso também a fé em si próprio e em suas próprias forças. Os homens, no entanto, necessitam dessa fé: não podem viver unicamente de impressões, é um pecado temer o pensamento e não confiar nele. O ceticismo sempre se distinguiu pela esterilidade e pela impotência...

— São só palavras! — resmungou Pigássov.

— Talvez. Mas permita-me observar que, ao dizer: "São só palavras!", nós mesmos muitas vezes desejamos nos livrar da necessidade de dizer algo mais substancial que meras palavras.

— O quê? — perguntou Pigássov, contraindo os olhos.

— Entendeu o que quis dizer — replicou Rúdin, com uma impaciência involuntária, porém logo contida. — Repito, se um homem não tem princípios sólidos em que acredita, se não tem um solo sobre o qual se mantém com firmeza, como poderá se dar conta das necessidades, do significado e do futuro de seu povo? Como poderá saber o que ele próprio deve fazer se...

— Cedo-lhe as honras e o lugar! — proferiu abruptamente Pigássov, inclinou-se e retirou-se para um canto sem olhar para ninguém.

Rúdin olhou para ele, esboçou um sorriso e silenciou.

— Ah-ah! fugiu da raia! — disse Dária Mikháilovna.

---

[34] Trata-se, provavelmente, de uma expressão de Luciano, ao transmitir a opinião de Prometeu sobre Zeus (Júpiter): "Você lança mão do raio ao invés de responder — então você não está certo". (N. da T.)

— Não se preocupe, Dmitri... Perdão — acrescentou com um sorriso cordial —, qual é o seu patronímico?

— Nikoláitch.[35]

— Não se preocupe, meu caro Dmitri Nikoláitch! Ele nunca nos enganou. Está fazendo de conta que não *quer* mais discutir... Sente que não *pode* discutir com o senhor. Venha, é melhor que se sente mais perto de nós, para conversarmos um pouco.

Rúdin puxou para perto sua poltrona.

— Como se explica que até hoje não nos tenhamos encontrado? — prosseguiu Dária Mikháilovna. — Muito me admira... Leu este livro? *C'est de Tocqueville, vous savez?*[36]

E Dária Mikháilovna estendeu a Rúdin um folheto em francês.

Rúdin tomou o livrinho, folheou algumas páginas e, colocando-o de volta sobre a mesa, respondeu que esta obra específica do senhor Tocqueville não lera, mas que refletira muitas vezes sobre a questão abordada por ele. A conversa engrenou. No início Rúdin pareceu hesitante, não se decidia a se manifestar, não encontrava palavras, mas afinal se animou e pôs-se a falar. Decorrido um quarto de hora só sua voz ressoava na sala. Todos haviam se juntado, formando um círculo em torno dele.

Apenas Pigássov mantinha-se afastado, a um canto, junto da lareira. Rúdin falava com inteligência, ardor e sensatez; manifestava muito conhecimento e muita erudição. Ninguém esperava que fosse um homem tão extraordinário... Vestia-se de maneira tão mediana e tão pouco se ouvia falar dele. A todos parecia estranho e incompreensível como de

[35] Corruptela de Nikoláievitch. (N. da T.)

[36] "É de Tocqueville, o senhor sabe?" Referência a Alexis de Tocqueville (1805-1859), pensador francês, autor do livro *A democracia na América*. (N. da T.)

repente pôde aparecer no campo uma cabeça tão lúcida. Ainda mais que surpreendeu e, pode-se dizer, encantou a todos, a começar por Dária Mikháilovna... Estava orgulhosa de seu achado e já pensava de antemão num meio de introduzir Rúdin na sociedade. Em suas primeiras impressões, havia algo que beirava o infantilismo, apesar de sua idade. Aleksandra Pávlovna, verdade seja dita, pouco entendia do que falava Rúdin, mas estava muito surpresa e satisfeita; seu irmão também ficara maravilhado; Pandaliévski observava Dária Mikháilovna e sentia inveja; Pigássov pensava: "Por quinhentos rublos — arranjaria um rouxinol bem melhor"... Mas os mais impressionados de todos eram Bassístov e Natália. Bassístov quase nem respirava; ficou o tempo todo boquiaberto e de olhos arregalados — só ouvindo, como jamais ouvira alguém, enquanto Natália tinha as faces rubras, e os olhos, imóveis e pregados em Rúdin, ora escureciam, ora se enchiam de brilho.

— Que olhos esplêndidos tem ele! — sussurrou-lhe Volíntsev.

— Sim, são bonitos.

— É pena que as mãos sejam grandes e vermelhas.

Natália nada respondeu.

Serviram o chá. A conversa tornou-se mais geral, mas apenas a simultaneidade com que todos se calavam assim que Rúdin abria a boca já demonstrava o poder da impressão que ele causava. De repente Dária Mikháilovna sentiu vontade de caçoar um pouco de Pigássov. Aproximou-se dele e disse a meia-voz: "Por que está calado e limita-se a sorrir com sarcasmo? Vamos, tente, torne a desafiá-lo" — e, sem esperar resposta, acenou para Rúdin com a mão.

— Há algo que ainda não sabe a seu respeito — disse-lhe, apontando para Pigássov —, é um inimigo terrível das mulheres e não para de atacá-las; por favor, traga-o para o bom caminho.

Involuntariamente, Rúdin olhou para Pigássov... de cima: era duas vezes mais alto que ele. Pigássov quase espumejou de raiva, e seu rosto bilioso empalideceu.

— Dária Mikháilovna se engana — começou em tom vacilante —, não são apenas as mulheres que ataco: não sou grande apreciador da espécie humana como um todo.

— Mas o que o terá levado a uma opinião tão desfavorável sobre ela? — perguntou Rúdin.

Pigássov fitou-o bem nos olhos.

— Provavelmente, o estudo do próprio coração, em que todo dia descubro cada vez mais lixo. Julgo os outros por mim mesmo. Talvez isso seja injusto e eu seja muito pior que os outros; mas que se há de fazer? É o hábito!

— Compreendo-o e compadeço-me do senhor — replicou Rúdin. — Que alma nobre não experimentou a sede de humilhação? Mas não deve permanecer nessa situação sem saída.

— Sou-lhe imensamente grato por conceder à minha alma um atestado de nobreza — retorquiu Pigássov. — Quanto à minha situação, não é nada má; portanto, mesmo que haja uma saída, que vá para o diabo! Não serei eu a procurá-la.

— Mas isso significa — desculpe-me a expressão — preferir a satisfação de seu amor-próprio ao desejo de estar e viver na verdade...

— Era só o que faltava! — exclamou Pigássov. — Amor-próprio: disso não só entendo como espero que o senhor e todos entendam; mas a verdade — o que é a verdade? Onde está ela, essa verdade?

— Está se repetindo, previno-o — observou Dária Mikháilovna.

Pigássov deu de ombros.

— E que mal há nisso? Pergunto: onde está a verdade? Nem os filósofos sabem o que é. Kant diz, aqui está ela, é isso; e Hegel — não, está mentindo, eis o que é.

— E sabe o que diz Hegel a respeito? — indagou Rúdin, sem erguer a voz.

— Repito — prosseguiu Pigássov, exaltando-se — que não posso entender o que é a verdade. Na minha opinião, ela não existe absolutamente na face da terra, isto é, a palavra sim, existe, mas a coisa em si não.

— Fu! Fu! — exclamou Dária Mikháilovna. — Não se envergonha de dizer isso, seu velho pecador? A verdade não existe? Se é assim, de que serve então viver nesse mundo?

— O que penso, Dária Mikháilovna — replicou Pigássov aborrecido —, é que, de qualquer modo, lhe seria mais fácil viver sem a verdade do que sem seu cozinheiro Stepan, um mestre na arte de preparar sopas! E para que lhe serve a verdade, diga-me, por favor? Pois com ela sequer se pode coser uma touca!

— Piada não é argumento — observou Dária Mikháilovna —, sobretudo quando cheira a calúnia...

— Não sei a filosófica, mas a verdade simples é evidente que dói — resmungou Pigássov e retirou-se furioso para um canto.

Já Rúdin pôs-se a falar do amor-próprio, e falou com muita sensatez. Demonstrou que o homem sem amor-próprio é desprezível, que o amor-próprio é a alavanca de Arquimedes, com a qual é possível deslocar a Terra, mas que, ao mesmo tempo, só merece a denominação de homem aquele que é capaz de dominar o amor-próprio, como o cavaleiro domina o corcel, aquele que sacrifica a própria personalidade pelo bem comum...

— O egoísmo — concluiu ele — é suicídio. O homem egoísta seca, como uma árvore solitária e estéril; mas o amor-próprio, como aspiração ativa à perfeição, é a fonte de tudo o que é grande... Sim! O homem precisa vencer o egoísmo obstinado da sua personalidade para dar a ela o direito de se manifestar!

— Poderia me emprestar um lápis? — dirigiu-se Pigássov a Bassístov.

Bassístov não entendeu de imediato o que lhe pedia Pigássov.

— Para que quer um lápis? — perguntou afinal.

— Quero anotar essa última frase do senhor Rúdin. Se a pessoa não escreve, é capaz de esquecer! E hão de convir que uma frase dessas é como um *grand slam* no *eralach*.[37]

— Chega a ser pecado rir e fazer pilhérias sobre certas coisas, Afrikan Semiónitch! — proferiu Bassístov com veemência, afastando-se de Pigássov.

Enquanto isso, Rúdin aproximava-se de Natália. Ela se levantou: seu rosto expressava perturbação.

Volíntsev, que estava sentado ao seu lado, também se levantou.

— Estou vendo um piano — disse Rúdin, com a delicadeza e a ternura de um príncipe viajante —, é a senhorita que toca?

— Sim, toco — proferiu Natália —, mas não muito bem. Konstantin Diomíditch toca muito melhor que eu.

Pandaliévski pôs o rosto à mostra e exibiu os dentes.

— Não tem fundamento o que diz, Natália Aleksêievna, toca tão bem quanto eu.

— Conhece o *Erlkönig*, de Schubert?[38] — perguntou Rúdin.

— E como conhece! — exclamou Dária Mikháilovna. — Sente-se, *Constantin*... Também gosta de música, Dmitri Nikoláitch?

---

[37] Jogo de cartas que lembra o uíste e o bridge, em grande voga na Rússia na época. (N. da T.)

[38] *Erlkönig* (1815), *lied* de Franz Schubert inspirado no poema homônimo de Goethe. O compositor gozava de grande popularidade nos círculos dos idealistas dos anos de 1830-40. (N. da T.)

Rúdin limitou-se a inclinar ligeiramente a cabeça e passar a mão pelos cabelos, como que se preparando para ouvir... Pandaliévski começou a tocar.

Natália estava ao lado do piano, bem defronte de Rúdin. Desde os primeiros sons, o rosto dele adquirira uma expressão magnífica. Os olhos azuis-escuros erravam lentamente, detendo-se por vezes em Natália. Pandaliévski terminou de tocar.

Rúdin nada disse e aproximou-se da janela aberta. Uma bruma perfumada estendia-se como um manto macio sobre o jardim; as árvores próximas exalavam um frescor sonolento. As estrelas cintilavam tranquilamente. A noite de verão enlanguescia, suavizando tudo. Rúdin olhou para o jardim escuro e voltou-se.

— Essa música e essa noite — começou a dizer — fizeram-me recordar meus tempos de estudante na Alemanha: nossas reuniões, nossas serenatas...

— Esteve na Alemanha? — perguntou Dária Mikháilovna.

— Passei um ano em Heidelberg e cerca de um ano em Berlim.

— E vestia-se como estudante? Dizem que lá se vestem de modo especial.

— Em Heidelberg usava botas de cano alto com espora, jaqueta à moda húngara com galões e cabelos compridos até os ombros... Em Berlim os estudantes vestem-se como todo mundo.

— Conte-nos algo de sua vida de estudante — pediu Aleksandra Pávlovna.

Rúdin pôs-se a contar. Não foi bem-sucedido em sua narrativa. Faltava cor às suas descrições. Não sabia divertir. Aliás, das histórias de suas aventuras no estrangeiro, Rúdin logo passou às considerações gerais a respeito do significado da educação e da ciência, das universidades e da vida universitária em geral. Com traços amplos e audaciosos, esboçou um quadro colossal. Todos o ouviam com profunda atenção. Falava de modo magistral, fascinante, mas não de todo claro... mas mesmo essa falta de clareza transmitia um encanto especial às suas palavras.

A abundância de pensamentos o impedia de se expressar com precisão e exatidão. Imagens eram substituídas por imagens; surgia uma comparação após outra, ora de uma ousadia inesperada, ora de uma fidelidade assombrosa. Não era o requinte presunçoso de um orador experimentado — esse improviso impaciente exalava inspiração. Não procurava palavras: elas próprias lhe afloravam aos lábios de forma obediente e espontânea, e cada uma parecia jorrar diretamente da alma e arder com todo o fogo da convicção. Rúdin possuía o domínio de um mistério quase supremo — a música da eloquência. Sabia como, ao tocar uma única corda do coração, fazer todas as outras ressoarem e vibrarem vagamente. Talvez um ou outro ouvinte não entendesse com exatidão do que se tratava; mas mesmo assim sentia seu peito arfar, cortinas abrirem-se ante seus olhos e algo resplandecente brilhar diante de si.

Todos os pensamentos de Rúdin pareciam voltados ao futuro; e isso lhes transmitia algo de impetuoso e juvenil... De pé junto à janela, sem olhar para ninguém em especial, falava — e, inspirado pela simpatia e atenção gerais, pela proximidade de mulheres jovens, pela beleza da noite, arrebatado pela torrente das próprias sensações, elevava-se ao cume da eloquência e da poesia... O próprio som de sua voz, concentrado e sereno, fazia aumentar o fascínio; era como se algum poder superior, inusitado a ele próprio, falasse através de seus lábios... Rúdin falava daquilo que atribui significado eterno à efêmera vida humana.

— Lembro-me de uma lenda escandinava — assim concluiu. — O rei está sentado com seus soldados num celeiro escuro e comprido, em volta do fogo. Isso aconteceu numa noite de inverno. Súbito um passarinho entra voando por uma porta aberta e sai por outra. O rei observa que esse pássaro é como o homem no mundo: viera da escuridão e para a escuridão se fora, sem se demorar muito ao calor e à luz... "Rei — replica o mais velho dos guerreiros —, mesmo nas trevas, o pássaro não se perde e acha seu ninho..." Exatamente, nossa vida é rápida e insignificante; mas tudo o que é grande se realiza através do homem. A consciência de ser um instrumento de forças superiores deveria substituir no homem todas as demais alegrias: mesmo na morte haverá de encontrar sua vida e seu ninho...

Rúdin deteve-se e baixou os olhos com um sorriso involuntário de constrangimento.

— *Vous êtes un poète*[39] — proferiu Dária Mikháilovna a meia-voz.

E no íntimo todos concordaram com ela — todos, menos Pigássov. Sem esperar o fim do longo discurso de Rúdin, apanhou o chapéu de mansinho e, ao sair, sussurrou furioso para Pandaliévski, que estava perto da porta:

— Chega! Vou procurar os imbecis!

Aliás, ninguém o reteve nem reparou na sua ausência.

Os criados trouxeram a ceia e, meia hora depois, todos se despediram e se dispersaram. Dária Mikháilovna convenceu Rúdin a pernoitar. Aleksandra Pávlovna, ao voltar para casa de carro com o irmão, pôs-se várias vezes a soltar exclamações e admirar-se da extraordinária inteligência de Rúdin. Volíntsev concordou com ela, embora observando que ele às vezes se expressava de modo um pouco obscuro... isso é, não de todo inteligível, acrescentou, desejando, provavelmente, esclarecer seu pensamento; mas seu rosto se tornou

---

[39] "O senhor é um poeta." (N. da T.)

sombrio, e o olhar, fixo num canto do carro, pareceu ainda mais melancólico.

Pandaliévski, ao se preparar para dormir e tirar os suspensórios bordados de seda, disse em voz alta: "É um homem muito hábil!" — e súbito, lançando um olhar severo ao seu pajem, ordenou-lhe que saísse. A noite inteira, Bassístov não dormiu e sequer se despiu: passou o tempo todo, até de manhã, escrevendo uma carta a um amigo de Moscou; já Natália, embora tivesse se despido e se deitado, também não conseguiu conciliar o sono um minuto sequer e nem mesmo fechou os olhos. Com a cabeça amparada na mão, olhava fixamente para a escuridão; as veias pulsavam-lhe febrilmente e muitas vezes um suspiro profundo fazia-lhe arfar o peito.

IV

Na manhã seguinte, Rúdin mal tivera tempo de se vestir e já apareceu um criado com um convite de Dária Mikháilovna para que ele fosse tomar chá com ela em seu gabinete. Rúdin encontrou-a sozinha. Cumprimentou-o muito amavelmente, indagou se passara bem a noite, ela mesma lhe serviu uma xícara de chá, perguntou-lhe até se a quantidade de açúcar era suficiente, ofereceu-lhe um cigarro e tornou a repetir umas duas vezes que admirava-se muito por não tê-lo conhecido há mais tempo. Rúdin ia se sentar um pouco distante; mas Dária Mikháilovna indicou-lhe um pequeno pufe ao lado da sua poltrona e, inclinando-se ligeiramente para ele, começou a interrogá-lo a respeito de sua família, de suas intenções e de seus propósitos. Dária Mikháilovna falava com despreocupação e ouvia distraidamente; mas Rúdin percebia muito bem que ela o estava cortejando e praticamente bajulando. Não fora à toa que preparara este encontro matinal, não fora à toa que se vestira com simplicidade, mas com elegância, *à la madame Récamier*![40] Aliás, Dária Mikháilovna logo parou de interrogá-lo: começou a falar de si mesma, de sua juventude, das pessoas que conhecia. Rúdin ouvia sua verborragia com interesse, ainda que — coisa estranha! —, a quem quer que Dária Mikháilovna se referisse, em primeiro plano, apesar de tudo, ficava ela, só ela, e o outro parecia

---

[40] Julie Récamier (1777-1849), dona de um famoso salão político e literário em Paris; foi retratada pelo pintor francês David usando um vestido "grego" branco, simples, e colar de pérolas. (N. da T.)

se apagar e desaparecer. Em compensação, Rúdin soube em detalhes o que precisamente dissera Dária Mikháilovna a tal dignatário famoso, a influência que exercera sobre tal poeta célebre. A julgar por seus relatos, poder-se-ia imaginar que todas as pessoas ilustres dos últimos vinte e cinco anos não sonhavam com outra coisa a não ser encontrar-se com ela e ganhar-lhe a simpatia. Falava delas com simplicidade, sem entusiasmo ou elogios particulares, como de um familiar, chamando alguns de excêntricos. Falava delas e, como um rico engaste em torno de uma pedra preciosa, seus nomes eram colocados com um debrum reluzente em torno do nome principal — em torno de Dária Mikháilovna.

E Rúdin ouvia, fumava seu cigarro e mantinha-se em silêncio, inserindo apenas ocasionalmente pequenas observações na fala da dama loquaz. Ele sabia e gostava de falar; conduzir uma conversa não era seu forte, mas também sabia ouvir. E aquele que não se deixasse intimidar de início, abria-se confiante em sua presença: seguia de muito bom grado e com aprovação o fio da palestra alheia. Havia nele muita bonomia — aquela bonomia particular que as pessoas habituadas a se sentirem superiores às demais têm de sobra. Nas discussões raramente deixava seu oponente se manifestar e o esmagava com sua dialética impetuosa e apaixonada.

Dária Mikháilovna se expressava em russo. Alardeava seu conhecimento da língua materna, embora a todo instante lhe escapassem palavras francesas e galicismos. Fazia uso deliberado de locuções populares simples, mas nem sempre com sucesso. O ouvido de Rúdin não se ofendia com essa estranha mistura de linguagem que saía dos lábios de Dária Mikháilovna, mesmo porque é pouco provável que tivesse ouvido para isso.

Dária Mikháilovna afinal se cansou e, reclinando a cabeça sobre o encosto da poltrona, fixou os olhos em Rúdin e ficou em silêncio.

— Agora compreendo — disse Rúdin com voz lenta —, compreendo por que vem todo verão para o campo. Esse repouso lhe é indispensável; o silêncio do campo, após a vida da capital, refresca-a e fortalece. Estou certo de que deve ser profundamente sensível às belezas da natureza.

Dária Mikháilovna lançou um olhar de soslaio para Rúdin.

— A natureza... sim... sim, é claro... gosto muitíssimo dela; mas, sabe, Dmitri Nikoláitch, mesmo no campo, não dá para passar sem as pessoas. E aqui não há quase ninguém. Pigássov é o homem mais inteligente daqui...

— O velho agastado de ontem? — perguntou Rúdin.

— Sim, ele mesmo. No campo, aliás, até ele serve, ao menos para divertir de vez em quando.

— Não é nenhum tolo — replicou Rúdin —, mas está no caminho errado. Não sei se concorda comigo, Dária Mikháilovna, mas na negação, na negação pura e simples, não há felicidade. Ao negar tudo, podemos passar facilmente por espirituosos: esse é um subterfúgio conhecido. As pessoas de coração simples na mesma hora estão prontas a concluir que estamos acima daquilo que negamos. E isso nem sempre é verdade. Em primeiro lugar, em tudo se pode encontrar uma mácula, e, em segundo lugar, se, ainda por cima, dizemos algo que presta, tanto pior: nossa mente, voltada apenas para a negação, empobrece e seca. Ao satisfazer nosso amor-próprio, privamo-nos do verdadeiro prazer da contemplação; a vida — a essência da vida — escapa da nossa observação mesquinha e biliosa e acabamos trocando insultos e fazendo rir. Só aquele que ama tem o direito de censurar e repreender.

— *Voilà M. Pigassoff enterré*[41] — proferiu Dária Mikháilovna. É um mestre na definição do homem! Aliás, é bem

---

[41] "Eis o senhor Pigássov enterrado." (N. da T.)

provável que Pigássov não o compreendesse. Só ama sua própria pessoa.

— E a repreende para ter o direito de repreender as demais — replicou Rúdin.

Dária Mikháilovna desatou a rir.

— De um doente... como se diz... de uma cabeça doente para uma saudável.[42] A propósito, o que acha do barão?

— Do barão? É uma boa pessoa, um bom coração e é culto... mas não tem atitudes firmes... e será a vida toda meio sábio, meio homem do mundo, isto é, um diletante, isto é, falando sem rodeios: coisa alguma... É uma pena!

— Também sou da mesma opinião — concordou Dária Mikháilovna. — Li o artigo dele... *Entre nous... cela a assez peu de fond*.[43]

— Quem mais há por aqui? — perguntou Rúdin, após uma pausa.

Dária Mikháilovna sacudiu com o dedo mindinho a cinza do cigarro.

— Não há quase mais ninguém. Lipina, Aleksandra Pávlovna, que viu ontem, é um encanto, mas apenas isso. O irmão também é uma pessoa excelente, *un parfait honnête homme*.[44] O príncipe Gárin já conhece... E isso é tudo. Há ainda dois ou três vizinhos, mas esses não contam. Quando não se fazem de rogados — uma pretensão terrível —, esquivam-se, ou então são de um atrevimento despropositado. As mulheres, sabe como é, não as vejo. Há ainda um vizinho, dizem que muito culto, um homem até erudito, mas terrivelmente excêntrico, um lunático. *Alexandrine* o conhece e, ao

[42] O dito popular que Dária Mikháilovna tem em vista diz: "*Valit s bolnói golovi na sdorovuiu*", que significa: "Lançar a própria culpa sobre outrem". (N. da T.)

[43] "Entre nós... é pouco profundo." (N. da T.)

[44] "Um perfeito cavalheiro." (N. da T.)

que parece, não lhe é indiferente... Deveria ocupar-se dela, Dmitri Nikoláitch: é uma criatura encantadora; só é preciso desenvolvê-la um pouco, é preciso desenvolvê-la sem falta!

— É muito simpática — observou Rúdin.

— Uma perfeita criança, Dmitri Nikoláitch, uma verdadeira criança. Foi casada, *mais c'est tout comme*.[45] Se eu fosse homem, só me apaixonaria por mulheres assim.

— Sério?

— Por certo. Essas mulheres ao menos são joviais, e a jovialidade não é passível de imitação.

— E quanto a tudo o mais, é passível? — perguntou Rúdin e pôs-se a rir, o que raramente lhe acontecia. Quando ria, seu rosto assumia uma expressão estranha, quase senil, os olhos ficavam contraídos e o nariz enrugado...

— E quem é esse excêntrico, como diz, a quem a senhora Lipina não é indiferente? — perguntou.

— Um tal de Liéjnev, Mikháilo Mikháilitch, um proprietário de terras.

Rúdin ficou atônito e ergueu a cabeça.

— Liéjnev, Mikháilo Mikháilitch? — perguntou. — E é seu vizinho?

— Sim. Conhece-o?

Rúdin ficou em silêncio por um instante.

— Conheci-o antes... algum tempo atrás. É rico, suponho... — acrescentou, beliscando a franja da poltrona.

— Sim, é rico, embora se vista de modo pavoroso e ande numa *drójki* de corrida, feito um administrador qualquer. Desejava atraí-lo à minha casa: dizem que é inteligente; até tenho negócios com ele... Pois, sabe como é, eu mesma administro minha propriedade.

Rúdin inclinou a cabeça.

---

[45] "Mas isso não importa." (N. da T.)

— Sim, eu mesma — prosseguiu Dária Mikháilovna — não adoto nenhuma dessas tolices estrangeiras, prefiro o que é nosso, russo, e, como pode ver, parece que os negócios não vão mal — acrescentou ela, indicando tudo em volta com um gesto de mão.

— Sempre estive convencido — observou Rúdin com polidez — da posição extremamente equivocada daqueles que se recusam a admitir o senso prático das mulheres.

Dária Mikháilovna sorriu com prazer.

— É muito indulgente — proferiu ela —, mas o que mesmo queria dizer? De que estávamos falando? Ah, sim, de Liéjnev! Tenho um negócio a tratar com ele, sobre a demarcação das terras. Já o convidei várias vezes a vir aqui, e hoje mesmo estou à sua espera; mas só Deus sabe se virá... é tão excêntrico!

O reposteiro da porta foi silenciosamente aberto e entrou o mordomo, um homem de estatura elevada, grisalho e calvo, de fraque preto e gravata e colete brancos.

— O que quer? — perguntou-lhe Dária Mikháilovna e, dirigindo-se ligeiramente a Rúdin, acrescentou a meia-voz:

— *N'est-ce pas, comme il ressemble à Canning?*[46]

— Mikháilo Mikháilitch Liéjnev está aqui — anunciou o mordomo —, deseja recebê-lo?

— Ah! meu Deus! — exclamou Dária Mikháilovna. — Fala-se do diabo e ele aparece. Faça-o entrar!

O mordomo saiu.

— O tal excêntrico finalmente veio, mas na hora errada: interrompeu nossa conversa.

Rúdin levantou-se, mas Dária Mikháilovna o deteve.

---

[46] "Não é verdade que se parece com Canning?" Referência a George Canning (1770-1827), político britânico que foi ministro das Relações Exteriores. (N. da T.)

— Aonde vai? Podemos conversar em sua presença. E desejo também que o defina, como fez com Pigássov. Quando fala, *vous gravez comme avec un burin*.[47] Queira ficar.

Rúdin quis dizer algo, mas, pensando bem, ficou.

Mikháilo Mikháilitch, que o leitor já conhece, entrou no gabinete. Vestia o mesmo casaco cinza e segurava nas mãos bronzeadas o mesmo boné velho. Inclinou-se tranquilamente para Dária Mikháilovna e aproximou-se da mesa de chá.

— Afinal dá-nos a honra de sua visita, *messiê*[48] Liéjnev! — disse Dária Mikháilovna. — Queira sentar-se. Ouvi dizer que já se conhecem — prosseguiu, apontando para Rúdin.

Liéjnev olhou para Rúdin e sorriu de modo um pouco estranho.

— Conheço o senhor Rúdin — assentiu com uma ligeira vênia.

— Cursamos juntos a universidade — observou Rúdin a meia-voz, baixando os olhos.

— Também nos encontramos depois — proferiu Liéjnev com frieza.

Dária Mikháilovna olhou para ambos um tanto surpresa e pediu a Liéjnev que se sentasse. Ele se sentou.

— Desejava ver-me — começou a dizer —, é a propósito da demarcação?

— Sim, por causa da demarcação, mas também desejava vê-lo, de qualquer modo. Somos, pois, vizinhos próximos e quase parentes.

— Fico-lhe muito grato — redarguiu —, mas, no que se refere à demarcação, encerrei completamente o assunto com seu administrador: concordei com todas as suas propostas.

— Já sabia disso.

[47] "O senhor esculpe como quem usa um cinzel." (N. da T.)

[50] No original, a palavra francesa *monsieur* ("senhor") está russificada. (N. da T.)

— Mas ele me disse que os papéis não poderiam ser assinados antes de um encontro pessoal com a senhora.

— Sim; isso para mim é regra. Aliás, permita-me perguntar-lhe, parece-me que todos os seus mujiques pagam *obrok*,[49] estou certa?

— Exatamente.

— E encarrega-se pessoalmente da delimitação das terras? Isso é louvável.

Liéjnev silenciou por um momento.

— Bem, vim para a entrevista pessoal — disse.

Dária Mikháilovna sorriu.

— Vejo que veio. Fala num tom... Deve ter relutado muito a vir me visitar.

— Não vou a parte alguma — retrucou Liéjnev num tom fleumático.

— A parte alguma? Nem à casa de Aleksandra Pávlovna?

— Conheço seu irmão há muito tempo.

— O irmão dela! Aliás, não forço ninguém... Mas perdoe-me, Mikháilo Mikháilitch, sou alguns anos mais velha que o senhor e posso repreendê-lo: que gosto há nessa vida de ermitão que leva? Ou é *minha* casa que lhe desagrada? Não gosta de mim?

— Não a conheço, Dária Mikháilovna, e por isso não posso não gostar da senhora. Tem uma casa maravilhosa: mas confesso-lhe com franqueza, não gosto de me sentir constrangido. Não tenho sequer uma casaca apresentável, nem luvas; e além do mais não pertenço ao seu círculo.

— Por nascimento e educação, pertence, Mikháilo Mikháilitch! *Vous êtes des nôtres.*[50]

---

[49] Tributo pago aos latifundiários pelos camponeses da gleba. (N. da T.)

[50] "Você é um de nós." (N. da T.)

— Deixemos de lado o nascimento e a educação, Dária Mikháilovna! Não se trata disso...

— Um homem deve viver com seus semelhantes, Mikháilo Mikháilitch! Que prazer pode haver em viver num tonel como Diógenes?[51]

— Em primeiro lugar, ele se sentia muito bem lá; e, em segundo, como sabe que não convivo com outras pessoas?

Dária Mikháilovna mordeu os lábios.

— Isso é outra coisa! Só me resta lamentar por não ter a honra de fazer parte do número de pessoas com quem se dá.

— *Messiê* Liéjnev — interveio Rúdin —, acho que está exagerando um sentimento muito louvável: o amor à liberdade.

Liéjnev não respondeu e limitou-se a olhar para Rúdin. Seguiu-se um curto silêncio.

— Assim sendo — começou Liéjnev, erguendo-se —, posso considerar nosso assunto encerrado e dizer a seu administrador que me envie os papéis.

— Pode... embora reconheça que não é muito amável... que deveria me recusar.

— Ora, a demarcação é muito mais vantajosa à senhora do que a mim.

Dária Mikháilovna deu de ombros.

— Não quer ao menos tomar chá conosco? — perguntou.

— Agradeço-lhe humildemente: nunca tomo chá, e, ademais, tenho pressa de chegar em casa.

Dária Mikháilovna levantou-se.

— Não o retenho — proferiu, aproximando-se da janela —, não ouso retê-lo.

---

[51] Diógenes de Sínope (*c.* 404-323 a.C.), filósofo cínico grego que teria vivido como mendigo, usando um tonel como casa. (N. da T.)

Liéjnev começou a se despedir.

— Até logo, *messiê* Liéjnev! Desculpe-me tê-lo incomodado.

— Ora, por favor — redarguiu Liéjnev e saiu.

— Que tal? — perguntou Dária Mikháilovna a Rúdin. — Ouvi dizer que é um excêntrico; mas isso realmente está fora de qualquer propósito.

— Sofre da mesma doença que Pigássov — disse Rúdin —, o desejo de ser original. O outro se faz de Mefistófeles, este — de cínico. Nisso tudo há muito egoísmo, muita vaidade e pouca verdade, pouco amor. Pois isso também é uma espécie de cálculo: a pessoa põe uma máscara de indiferença e indolência para, quem sabe, alguém vir a pensar: veja esse homem, tanto talento desperdiçado! Mas basta deitar-lhe um olhar um pouco mais atento e, talento mesmo, não se vê nenhum.

— *Et de deux!*[52] — disse Dária Mikháilovna. — O senhor é terrível em suas sentenças. Nada lhe escapa.

— Acha? — proferiu Rúdin. — Aliás, a bem da verdade — prosseguiu —, não deveria falar de Liéjnev; gostei muito dele, gostei dele como amigo... mas depois, devido a diversos mal-entendidos...

— Brigaram?

— Não, mas nos separamos, e ao que parece nos separamos para sempre.

— Então foi isso, reparei que durante todo o tempo de sua visita não parecia muito à vontade... Entretanto, sou-lhe imensamente grata pela manhã de hoje. Passei horas extremamente agradáveis. Mas é preciso também saber quando parar. Deixo-o livre até a hora do chá, e eu mesma tenho alguns assuntos a tratar. Meu secretário, o senhor o viu —

---

[52] "E eis o segundo!" (N. da T.)

Constantin, c'est lui qui est mon secrétaire[53] —, já deve estar à minha espera. Recomendo-o: é um rapaz excelente, muito prestimoso, e está completamente entusiasmado com o senhor. Até logo, *cher* Dmitri Nikoláitch! Como sou grata ao barão por nos ter apresentado!

E Dária Mikháilovna estendeu a mão a Rúdin. Ele primeiro a apertou, depois a levou aos lábios, e seguiu para o salão, e do salão para o terraço. No terraço encontrou Natália.

---

[53] "Constantin, é ele o meu secretário." (N. da T.)

V

A filha de Dária Mikháilovna, Natália Aleksêievna, à primeira vista poderia não ser atraente. Ainda não se desenvolvera de todo, era magra, morena e um pouco curvada. Mas os traços do rosto eram bonitos e regulares, se bem que demasiado grandes para uma jovem de dezessete anos. Particularmente bela era sua fronte lisa e bem feita acima das sobrancelhas finas, que pareciam fendidas ao meio. Falava pouco, ouvia e olhava atentamente, quase fixamente — como se quisesse inteirar-se de tudo. Muitas vezes permanecia imóvel, com os braços baixados e absorta; em seu rosto expressava-se então o trabalho interior de seus pensamentos... um sorriso quase imperceptível aparecia-lhe de repente nos lábios e desaparecia; os olhos negros, grandes, erguiam-se lentamente... *"Qu'avez-vous?"*[54] — perguntava-lhe *Mlle.* Boncourt e começava a repreendê-la e a dizer-lhe que era impróprio a uma moça parecer pensativa e distraída. Mas Natália não era distraída: ao contrário, estudava com afinco, lia e trabalhava com gosto. Seus sentimentos eram fortes e profundos, mas secretos; mesmo na infância quase nunca chorava, e mesmo agora raramente suspirava, e quando algo a entristecia, apenas empalidecia de leve. A mãe a considerava uma menina sensata e de boa índole, chamava-a por brincadeira: *mon honnête homme de fille,*[55] mas não tinha uma opinião muito

---

[54] "O que você tem?" (N. da T.)

[55] "Minha menina-cavalheiro." (N. da T.)

elevada a respeito de sua capacidade intelectual. "Minha Natacha, felizmente, é fria — dizia —, não puxou a mim... tanto melhor. Será feliz." Dária Mikháilovna enganava-se. Aliás, é rara a mãe que compreende a filha.

Natália amava Dária Mikháilovna, mas não confiava nela plenamente.

— Nada tem a ocultar-me — disse-lhe certa vez Dária Mikháilovna —, e, se tivesse, disfarçaria: é tão reservada...

Natália olhou nos olhos da mãe e pensou: "E por que não haveria de ser reservada?".

Quando Rúdin a encontrou no terraço, estava indo com *Mlle*. Boncourt ao quarto pôr o chapéu para ir ao jardim. As aulas da manhã já haviam terminado. Já não tratavam Natália como criança, *Mlle*. Boncourt há muito já não lhe dava lições de mitologia e geografia; mas toda manhã Natália tinha de ler livros de história, de viagem e outras obras instrutivas — na sua presença. Era Dária Mikháilovna quem as escolhia, como que seguindo um sistema próprio, especial. Na verdade, ela simplesmente entregava a Natália tudo o que lhe enviava um livreiro francês de Petersburgo, com exceção, naturalmente, dos romances de Dumas Filho[56] & cia. Esses romances, era a própria Dária Mikháilovna quem lia. *Mlle*. Boncourt fitava Natália, através dos óculos, com um ar particularmente severo e azedo quando ela lia livros de história: na concepção da velha francesa, toda a história estava repleta de coisas inadmissíveis, se bem que ela mesma, dos grandes homens da antiguidade, sabe-se lá por que, conhecesse apenas Cambises,[57] e dos tempos modernos, Luís XIV e Napoleão,

---

[56] Alexandre Dumas Filho (1824-1895), escritor e dramaturgo francês, autor do romance *A dama das camélias*. (N. da T.)

[57] Cambises, rei da Pérsia (*c*. 529-522 a.C.), realizou uma incursão desbravadora no Egito. Sua vida e morte trágica foram descritas na *História* de Heródoto. (N. da T.)

a quem não podia suportar. Mas Natália lia também livros de cuja existência *Mlle*. Boncourt nem suspeitava: conhecia todo o Púchkin de cor...

Natália corou ligeiramente ao encontrar Rúdin.

— Vai passear? — perguntou-lhe.

— Sim, vamos para o jardim.

— Posso acompanhá-las?

Natália olhou para *Mlle*. Boncourt.

— *Mais certainement, monsieur, avec plaisir*[58] — apressou-se a responder a solteirona.

Rúdin pegou o chapéu e saiu com elas.

A princípio Natália sentiu-se um pouco embaraçada ao caminhar ao lado de Rúdin; depois foi ficando mais à vontade. Ele começou a indagar-lhe acerca de seus estudos e se gostava do campo. Ela respondia, não sem certa timidez, mas não com aquele acanhamento apressado que com frequência é tido e tomado como vergonha. Batia-lhe o coração.

— O campo não a entedia? — perguntou Rúdin, lançando-lhe um olhar de soslaio.

— Como é possível entediar-se no campo? Estou muito contente por estar aqui. Estou muito feliz aqui.

— Está feliz... É uma grande palavra. Aliás, pode-se compreender: é jovem.

Rúdin pronunciou a última palavra de modo um tanto estranho: não que invejasse Natália ou que sentisse pena dela.

— Sim! A juventude! — acrescentou. — Todo o objetivo da ciência é alcançar conscientemente o que à juventude é concedido de graça.

Natália olhou atentamente para Rúdin: não o havia compreendido.

---

[58] "Mas certamente, senhor, com prazer." (N. da T.)

— Passei toda a manhã conversando com sua mãe — prosseguiu —, é uma mulher extraordinária. Compreendo por que todos os nossos poetas tinham sua amizade em alta conta. E a senhorita gosta de versos? — acrescentou, após calar-se por um instante.

"Está me examinando" — pensou Natália e respondeu:

— Sim, gosto muito.

— A poesia é a linguagem dos deuses. Eu mesmo gosto de versos. Mas a poesia não está só nos versos: ela se derrama por toda parte, nos rodeia... Olhe para estas árvores, para este céu — em toda parte há um sopro de beleza e vida; e onde há beleza e vida, também há poesia.[59]

— Sentemo-nos aqui, no banco — continuou. — Assim. Algo me diz que quando estiver mais acostumada comigo (e fitou-lhe o rosto com um sorriso), seremos amigos. O que acha?

"Trata-me como se fosse uma menina" — tornou a pensar Natália e, sem saber o que dizer, perguntou-lhe se tinha a intenção de permanecer muito tempo no campo.

— O verão todo, o outono, e talvez também o inverno. Como sabe, não sou rico; meus negócios estão arruinados, e além do mais já estou farto de me arrastar de um lado para outro. É hora de descansar.

Natália ficou surpresa.

— Acha mesmo que é hora de descansar? — perguntou timidamente.

Rúdin voltou o rosto para Natália.

— Que quer dizer com isso?

— Quero dizer — redarguiu ela, com certo embaraço — que outros podem descansar, mas o senhor... o senhor deve trabalhar, procurar ser útil. Quem, senão o senhor...

---

[59] Citação um pouco modificada de frase do crítico Vissarion Bielínski (1811-1848): "Onde há vida, também há poesia". (N. da T.)

— Agradeço-lhe a opinião lisonjeira — interrompeu-a Rúdin. — Ser útil... é fácil dizer! (Passou a mão pelo rosto.) Ser útil! — repetiu. — Mesmo que tivesse uma firme convicção: como posso ser útil (mesmo que acreditasse em minhas forças), onde encontrar almas sinceras e simpáticas?...

E Rúdin fez com a mão um gesto tão desesperançado e deixou pender a cabeça com tanta tristeza, que Natália involuntariamente se perguntou: serão realmente dele as palavras arrebatadoras e transbordantes de esperança que ouvi ontem?

— Aliás, não — acrescentou de súbito, sacudindo a juba leonina —, isso é absurdo, e tem toda razão. Agradeço-lhe, Natália Aleksêievna, agradeço-lhe sinceramente. (Natália decididamente não sabia por que a agradecia.) Bastou sua palavra para lembrar-me de meu dever, indicar o meu caminho... Sim, devo agir. Não devo esconder meu talento, se é que o tenho; não devo desperdiçar minha capacidade com tagarelice apenas, uma tagarelice vazia e inútil; meras palavras...

E suas palavras fluíam como um rio. Falou maravilhosamente, com ardor e persuasão — acerca da vergonha, da covardia e da indolência, da necessidade de agir na prática. Cumulou a si mesmo de recriminações, demonstrou que refletir de antemão acerca do que se quer fazer é tão prejudicial quanto picar com alfinete um fruto que está amadurecendo, que é apenas um desperdício inútil de forças e de seiva. Assegurou que não há ideia nobre que não encontre simpatia, que só permanecem incompreendidos aqueles que ainda não sabem o que querem ou que não merecem ser compreendidos. Falou por longo tempo e terminou por agradecer uma vez mais Natália Aleksêievna e, de modo completamente inusitado, apertou-lhe a mão, dizendo: "É uma criatura nobre e admirável!".

Essa liberdade deixou pasma *Mlle.* Boncourt, que, apesar de seus quarenta anos de permanência na Rússia, tinha dificuldade para entender a língua russa, mas estava admirada com a esplêndida rapidez e fluência das palavras nos lábios de Rúdin. Aliás, a seus olhos ele era uma espécie de virtuose, um artista; e de pessoas desse tipo, na sua compreensão, era impossível exigir a observância de regras de decoro.

Levantou-se e, ajeitando impetuosamente o vestido, anunciou a Natália que era hora de ir para casa, ainda mais que *monsieur Volinsoff* (era assim que chamava Volíntsev) estaria lá para o desjejum.

— E ei-lo que vem! — acrescentou, ao olhar para uma das aleias que levavam para a casa.

Realmente, Volíntsev não estava longe.

Aproximou-se a passos indecisos, cumprimentou a todos de longe e, com uma expressão doentia no rosto, dirigiu-se a Natália e disse:

— Ah! Estavam passeando?

— Sim — respondeu Natália —, já íamos para casa.

— Ah! — disse Volíntsev. — Bem, então vamos.

— Como vai sua irmã? — perguntou Rúdin a Volíntsev com uma voz especialmente afetuosa. Ontem também fora muito amável com ele.

— Vai bem, obrigado. É provável que hoje esteja... Parece-me que discutiam, quando cheguei?

— Sim, tive uma conversa com Natália Aleksêievna. Disse-me uma palavra que me afetou fortemente...

Volíntsev não perguntou qual era a palavra, e todos voltaram para a casa de Dária Mikháilovna em profundo silêncio.

Antes do almoço, tornaram a reunir-se no salão. Pigássov, entretanto, não viera. Rúdin estava de veia; o tempo todo forçava Pandaliévski a tocar Beethoven. Volíntsev ficou em silêncio, olhava para o chão. Natália não saiu de perto da mãe, e ora ficava pensativa, ora punha-se a trabalhar. Bassístov não tirava os olhos de Rúdin, o tempo todo esperando que dissesse algo inteligente. E assim se passaram cerca de três horas bem monótonas. Aleksandra Pávlovna não viera para o almoço — e Volíntsev, logo que se levantaram da mesa, mandou imediatamente preparar a carruagem e saiu furtivamente, sem se despedir de ninguém.

Sentia-se infeliz. Há muito amava Natália e preparava-se o tempo todo para lhe propor... Ela se mostrava afetuosa com ele — mas seu coração permanecia impassível: ele bem o percebia. Não tinha sequer a esperança de lhe inspirar um sentimento mais terno e só esperava o momento em que ela se acostumasse completamente com ele e se tornassem mais íntimos. O que então o teria perturbado? Que mudança notara nesses dois dias? Natália o tratava do mesmo modo que antes...

Talvez lhe tivesse calado fundo na alma a ideia de que não conhecia absolutamente a índole de Natália, de que ela lhe era ainda mais estranha do que pensava, ou talvez o ciúme começasse a se manifestar, ou então farejasse vagamente que algo não ia bem... em todo caso sofria, por mais que tentasse se convencer do contrário.

Quando entrou nos aposentos da irmã, encontrou Liéjnev com ela.

— Por que voltou tão cedo? — perguntou Aleksandra Pávlovna.

— Por nada! Sentia-me entediado.

— Rúdin está lá?

— Está.

Volíntsev tirou o boné e sentou-se.

Aleksandra Pávlovna dirigiu-se a ele com vivacidade.

— Por favor, Seriója,[60] ajude-me a convencer esse teimo-

---

[60] Diminutivo de Serguêi. (N. da T.)

so (apontou para Liéjnev) de que Rúdin é extraordinariamente inteligente e eloquente.

Volíntsev murmurou algo.

— Mas não pretendo absolutamente contestá-la — começou Liéjnev —, não tenho nenhuma dúvida a respeito da inteligência e da eloquência do senhor Rúdin; só digo que ele não me agrada.

— E acaso chegou a vê-lo? — perguntou Volíntsev.

— Eu o vi hoje de manhã em casa de Dária Mikháilovna. É *ele* o seu grão-vizir do momento. Chegará uma hora em que também dele haverá de se separar — só de Pandaliévski não se separará jamais —, mas agora ele reina. Eu o vi, como não haveria de vê-lo! Estava sentado, e ela me mostrou a ele, como se dissesse: dê uma olhada, meu caro, que criaturas extravagantes temos entre nós. Não sou cavalo de raça — não estou acostumado a ser exibido. Então peguei e saí.

— E para que foi à casa dela?

— Para tratar da demarcação; é um absurdo: só queria ver-me a cara. É uma dama; sabemos como são!

— Sua superioridade o ofende, aí é que está! — replicou com ardor Aleksandra Pávlovna —, é isso que não lhe pode perdoar. E estou convencida de que, além de inteligência, deve ter excelente coração. Basta olhar em seus olhos quando ele...

— "Fala de nobre honradez..."[61] — interveio Liéjnev.

— Se me deixar zangada, começarei a chorar. Arrependo-me sinceramente de não ter ido à casa de Dária Mikháilovna para acompanhá-lo. Não o merece. Pare de me provocar — acrescentou com voz queixosa. — É melhor que me fale da juventude dele.

— Da juventude de Rúdin?

---

[61] Frase extraída do monólogo do personagem Repetílov, de *A desgraça de ter espírito*, de Griboiêdov (ato IV, cena 4). (N. da T.)

— Certamente. Pois disse-me que o conhece bem e há muito tempo.

Liéjnev se levantou e se pôs a andar pelo cômodo.

— É verdade — disse —, conheço-o bem. Quer que lhe fale de sua juventude? Pois bem. Nasceu em T...v, é filho de um pequeno proprietário rural. O pai morreu cedo. Ficou sozinho com a mãe. Era uma mulher boníssima e o idolatrava: alimentava-se apenas de farinha de aveia, e cada centavo que tinha era gasto com ele. Foi educado em Moscou, primeiro à custa de um tio, e depois, quando cresceu e se emplumou, às expensas de um príncipe rico, de quem lambia... bem, desculpe-me, não vou... com quem fizera amizade.[62] Depois ingressou na universidade. Foi ali que o conheci e nos tornamos amigos íntimos. A respeito da vida que levávamos na época lhe contarei mais tarde, algum dia. Agora não posso. Em seguida partiu para o exterior...

Liéjnev continuava a passear de um lado para outro do aposento; Aleksandra Pávlovna o seguia com o olhar.

— Do exterior — continuou —, Rúdin escrevia à mãe muito raramente e a visitou apenas uma única vez, por uns dez dias. A pobre velha morreu sem vê-lo, nos braços de estranhos, mas nem na hora da morte despregou os olhos de seu retrato. Fui vê-la, quando morei em T...v. Era uma mulher boa e muito hospitaleira, oferecia-me sempre geleia de cereja. Tinha verdadeira loucura por seu Mítia.[63] Os cavalheiros da escola de Petchórin[64] haveriam de dizer que sempre gostamos

---

[62] Jogo de palavras com as expressões russas "*s kotorim sniúkhalsia*" ("de quem lambia") e "*s kotorim sdrujilsia*" ("com quem fizera amizade"). (N. da T.)

[63] Diminutivo de Dmitri. (N. da T.)

[64] Tem-se em vista os numerosos imitadores do personagem Petchórin que surgiram na vida e na literatura após a publicação do romance *O herói do nosso tempo* (1839-40), de Mikhail Liérmontov. (N. da T.)

daqueles que são menos capazes de amar, mas *a mim* parece que todas as mães amam os filhos, sobretudo os ausentes. Depois me encontrei com Rúdin no exterior. Lá, havia se ligado a ele uma dama, nossa conterrânea, uma mulher masculinizada, nem jovem nem bonita, como convém a uma mulher masculinizada. Passou um bom tempo com ela e afinal a abandonou... isto é, não, perdão: ela o deixou. Também o abandonei na mesma ocasião. E isso é tudo.

Liéjnev calou-se, passou a mão pela fronte e, como se estivesse exausto, deixou-se cair numa poltrona.

— Quer saber, Mikháilo Mikháilitch — pôs-se a falar Aleksandra Pávlovna —, vejo que é maldoso; sinceramente, não é melhor que Pigássov. Estou certa de que tudo o que disse é verdade, de que nada inventou, e, no entanto, sob que aspecto hostil apresentou tudo isso! A pobre velha, sua devoção, a morte solitária, essa dama... Por que isso tudo?... Sabia que pode retratar a vida do melhor homem do mundo com tais cores — e sem acrescentar nada, observe — e deixar qualquer um estarrecido? A seu modo, isso também é uma espécie de calúnia!

Liéjnev levantou-se e voltou a andar pelo aposento.

— Não tive a menor intenção de deixá-los estarrecidos, Aleksandra Pávlovna — disse afinal. — Não sou caluniador. Aliás — acrescentou, após refletir um pouco —, de fato, há certa dose de verdade no que disse. Não caluniei Rúdin; mas — quem sabe! — é possível que desde então tenha conseguido se modificar — talvez tenha sido injusto com ele.

— Ah! Está vendo... Pois prometa-me então renovar relações com ele, conhecê-lo melhor e só então manifestar-me sua opinião definitiva a seu respeito.

— De acordo... Mas por que está tão calado, Serguêi Pávlitch?

Volíntsev estremeceu e ergueu a cabeça, como se o tivessem despertado.

— Que haveria de dizer? Não o conheço. E, ademais, hoje estou com dor de cabeça.

— Realmente, está um pouco pálido hoje — notou Aleksandra Pávlovna —, está se sentindo bem?

— Estou com dor de cabeça — repetiu Volíntsev e saiu.

Aleksandra Pávlovna e Liéjnev o seguiram com os olhos e trocaram um olhar, mas nada disseram um ao outro. O que se passava no coração de Volíntsev não era segredo nem para ele, nem para ela.

VI

Passaram-se mais de dois meses. Durante esse tempo todo, Rúdin quase não se afastou da casa de Dária Mikháilovna. Ela não podia passar sem ele. Falar-lhe de si mesma, ouvir suas divagações, tornara-se uma necessidade para ela. Uma vez quis ir embora, a pretexto de ter gasto todo o seu dinheiro: ela lhe deu quinhentos rublos. Pegou emprestado também de Volíntsev uns duzentos rublos. Pigássov visitava Dária Mikháilovna muito mais raramente que antes: Rúdin o oprimia com sua presença. Aliás, Pigássov não era o único a sentir essa opressão.

— Não gosto desse sabichão — dizia —, exprime-se de maneira afetada, é ver um personagem de novela russa, sem tirar nem pôr; diz: "Eu", e se detém, admirado... "Eu, digo, eu..." As palavras que emprega são sempre tão compridas. Se espirramos, põe-se imediatamente a demonstrar porque, justamente, espirramos, ao invés de tossir... Se nos elogia, é como se nos conferisse um grau superior... Se começa a censurar a si próprio, cobre-se de lama — bem, pensamos, dessa vez não tornará a olhar para a luz do dia. Qual o quê! Fica até mais alegre, como se tivesse se tratado com aguardente.

Pandaliévski tinha certo receio de Rúdin e o cortejava com prudência. Volíntsev mantinha uma relação estranha com ele. Rúdin o chamava de cavalheiro e o elogiava tanto em sua presença como pelas costas; mas Volíntsev não conseguia gostar dele e sentia uma irritação e uma impaciência involuntária toda vez que Rúdin, em sua presença, se punha a enumerar seus méritos. "Não estará zombando de mim?" — pensava, e seu coração se enchia de hostilidade. Volíntsev procurava se dominar; mas tinha ciúmes dele, por causa de Natália. Mesmo porque é pouco provável que o próprio Rúdin sentisse simpatia por Volíntsev, embora o acolhesse sempre com efusividade, o chamasse de cavalheiro e lhe tomasse dinheiro emprestado. Seria difícil precisar o que exatamente sentiam esses dois homens quando, ao se apertarem as mãos amigavelmente, fitavam-se nos olhos...

Bassístov continuava a venerar Rúdin e a pegar no ar cada uma de suas palavras. Rúdin mal lhe prestava atenção. Uma vez passou com ele uma manhã inteira, discutiu as questões e os problemas mundiais mais importantes, despertando nele o mais vivo entusiasmo, mas depois o abandonou... Era evidente que só em palavras buscava almas puras e devotadas. Com Liéjnev, que começara a frequentar a casa de Dária Mikháilovna, Rúdin sequer entrava em discussão e parecia evitá-lo. Liéjnev também o tratava com frieza, e, aliás, não emitira opinião definitiva a seu respeito, o que muito aborrecia Aleksandra Pávlovna. Ela reverenciava Rúdin; mas também acreditava em Liéjnev. Todos em casa de Dária Mikháilovna cediam aos caprichos de Rúdin: seus menores desejos eram satisfeitos. As atividades diárias dependiam de suas ordens. Nenhuma *partie de plaisir*[65] era organizada sem seu assentimento. Aliás, não era muito afeito a passeios e passatempos improvisados, e deles participava como os adultos em brincadeiras de crianças, com uma condescendência amável, mas um pouco entediada. Em compensação, imiscuía-se em tudo: discutia com Dária Mikháilovna a respeito da propriedade, da educação das crianças, da economia doméstica

[65] "Passeio de diversão." (N. da T.)

e dos negócios em geral; ouvia suas propostas, sem desprezar sequer os menores detalhes, e propunha reformas e inovações. Dária Mikháilovna ficava encantada com ele — mas apenas em palavras. Em matéria de economia doméstica, acatava os conselhos do administrador, um pequeno-russo caolho, já entrado em anos, um velhaco simples e astuto. "O que é velho é gordo, o que é novo é magro" — dizia, sorrindo tranquilamente e piscando o único olho.

Além da própria Dária Mikháilovna, era com Natália que Rúdin conversava mais e com mais frequência. Dava-lhe livros em segredo, confiava-lhe seus planos, lia para ela as primeiras páginas de artigos e de obras que lhe propunha. Seu sentido muitas vezes permanecia inacessível a Natália. Aliás, a Rúdin parecia pouco importar que o entendesse — bastava que o ouvisse. Sua intimidade com Natália não era muito do agrado de Dária Mikháilovna. "Mas — pensava — deixe que converse com ele na aldeia. Como meninota que é, ela o diverte. Não há grande mal nisso, e além do mais se tornará mais inteligente... Em Petersburgo ponho um fim nisso..."

Dária Mikháilovna enganava-se. Não era como meninota que Natália conversava com Rúdin: ouvia avidamente suas palavras, procurava apreender seu significado profundo, submetia seus pensamentos e dúvidas ao seu julgamento; ele era seu mentor e seu guia. Por enquanto era só a cabeça que lhe fervilhava... mas uma cabeça jovem não fervilha sozinha por muito tempo. Que doces momentos experimentava Natália quando, às vezes, sentada no banco do jardim, à sombra leve e transparente de um freixo, Rúdin se punha a ler-lhe o *Fausto* de Goethe, Hoffmann, ou as "Cartas" de Bettina, ou Novalis,[66] detendo-se a todo instante para explicar o que lhe

---

[66] Rúdin introduz Natália no mundo da filosofia e da poesia alemã através dos escritores que foram considerados importantes e necessários

parecia obscuro! Como quase todas as nossas moças, falava mal o alemão, mas o compreendia bem, e Rúdin estava todo imbuído da poesia alemã, do mundo do romantismo e da filosofia alemã, e a arrastava consigo para esses recônditos interditos. Desconhecidos e magníficos, eles se descortinavam ao seu olhar atento; das páginas do livro que Rúdin tinha à mão, imagens surpreendentes e pensamentos novos e luminosos também lhe invadiam a alma como correntes sonoras, e no coração, atordoado pela nobre alegria das sensações sublimes, pouco a pouco se acendia e começava a arder a centelha sagrada do entusiasmo...

— Diga-me, Dmitri Nikoláievitch — disse certa vez, sentando-se junto à janela com o bastidor —, no inverno irá mesmo a Petersburgo?

— Não sei — replicou Rúdin, pousando sobre os joelhos o livro que folheava —, se arranjar recursos, irei.

Falava com indolência: sentia-se fatigado, e sem ter feito nada desde a manhã.

— Mas como haveria de não encontrar recursos?

Rúdin abanou a cabeça.

— É o que lhe parece!

E olhou para o lado de modo significativo.

Natália quis dizer algo, mas se conteve.

— Olhe — proferiu Rúdin e com um gesto apontou-lhe a janela —, está vendo esta macieira: quebrou-se por causa do peso e da quantidade dos próprios frutos. Um verdadeiro emblema do gênio...

— Quebrou porque não tinha apoio — replicou Natália.

— Compreendo-a, Natália Aleksêievna; mas ao homem não é tão fácil encontrá-lo, esse apoio.

---

para os círculos de leitura dos intelectuais progressistas dos anos de 1830-1840 — como Bettina von Arnim (1785-1859), artista e compositora, que manteve correspondência com Goethe e Beethoven. (N. da T.)

— Diria que a simpatia dos outros... em todo caso, a solidão...

Natália ficou um pouco embaraçada e enrubesceu.

— E que fará no campo durante o inverno? — acrescentou apressadamente.

— O que farei? Terminarei um artigo grande, como sabe, sobre o trágico na vida e na arte — expus-lhe o plano anteontem —, e o enviarei à senhora.

— E tenciona imprimi-lo?

— Não.

— Como não? Para quem então trabalha?

— Ainda que seja para a senhora.

Natália baixou os olhos.

— Não sou capaz de entender isso, Dmitri Nikoláitch!

— De que trata o artigo, se me permite perguntar? — inquiriu modestamente Bassístov, sentado a certa distância.

— Do trágico na vida e na arte — repetiu Rúdin. — O senhor Bassístov também haverá de lê-lo. Aliás, ainda não consegui lidar bem com a ideia fundamental... Para mim mesmo até agora ainda não está bem claro o sentido trágico do amor.

Rúdin falava de amor com frequência e com gosto. No início, à palavra: amor — *Mlle.* Boncourt estremecia e apurava os ouvidos, como um velho cavalo de batalha ao ouvir a corneta, mas depois foi se habituando e agora limitava-se a contrair os lábios e cheirar pausadamente o rapé.

— Diria — observou Natália timidamente — que o trágico no amor é a falta de reciprocidade.

— Não, absolutamente! — retrucou Rúdin. — Esse é antes o lado cômico do amor... essa questão deve ser colocada de modo totalmente diverso... é preciso cavar mais profundamente... O amor! — prosseguiu. — Tudo nele é mistério: como chega, como se desenvolve e como desaparece. Ora surge de repente, indubitável, alegre como o dia; ora arde longamente, como o fogo sob a cinza, e irrompe na alma como chama quando já está tudo destruído; ora rasteja até o coração como uma serpente, ora dele se esgueira subitamente... Sim, é verdade; essa questão é importante. E, além do mais, quem ama em nossa época? Quem se arrisca a amar?

E Rúdin ficou pensativo.

— Por que Serguêi Pávlitch não aparece há tanto tempo? — perguntou de repente.

Natália enrubesceu e inclinou a cabeça sobre o bastidor.

— Não sei — murmurou.

— Que criatura generosa e esplêndida é ele! — proferiu Rúdin, levantando-se. — É um dos melhores exemplos do verdadeiro nobre russo...

Mlle. Boncourt lançou-lhe um olhar de esguelha, com seus olhinhos franceses.

Rúdin se pôs a andar pelo aposento.

— Já repararam — disse ele, voltando-se bruscamente sobre os calcanhares — que as folhas velhas do carvalho, e o carvalho é uma árvore resistente, só caem quando as novas começam a brotar?

— Sim — replicou Natália —, reparei.

— Exatamente o mesmo acontece com o antigo amor num coração forte: já morreu, mas ainda continua resistindo; apenas um outro, um novo amor, pode desalojá-lo.

Natália nada respondeu.

"O que significa isso?" — pensou.

Rúdin deteve-se, sacudiu os cabelos e se retirou.

Natália foi para seu quarto. Passou longo tempo sentada na cama, perplexa, refletindo acerca das últimas palavras de Rúdin, e de repente apertou as mãos e se pôs a chorar amargamente. Por que chorava — só Deus sabe! Nem ela sabia por que as lágrimas começaram a brotar-lhe dos olhos tão subitamente. Enxugava-as, mas elas tornavam a correr, como a água de uma fonte há muito represada.

No mesmo dia Aleksandra Pávlovna também teve uma conversa com Liéjnev a respeito de Rúdin. A princípio ele teimou em guardar silêncio; mas ela estava decidida a alcançar seu objetivo.

— Vejo — disse-lhe — que Dmitri Nikoláitch continua a não lhe agradar. Foi de propósito que até agora não lhe fiz perguntas; mas já teve tempo de se certificar se houve nele alguma mudança, e desejo saber por que ele não lhe agrada.

— Pois bem — replicou Liéjnev com sua fleuma habitual —, já que está tão impaciente: mas veja lá, não vá ficar zangada...

— Vamos, comece, comece.

— E deixe-me dizer tudo até o fim.

— Está bem, está bem, comece.

— Sendo assim — começou Liéjnev, afundando-se preguiçosamente no divã —, admito que Rúdin de fato não me agrada. É inteligente...

— Pode apostar!

— É uma pessoa admiravelmente inteligente, embora, em essência, vazia...

— É fácil dizê-lo!

— Embora, em essência, vazia — repetiu Liéjnev —, mas nisso também não há nenhum mal: todos nós somos pessoas vazias: nem mesmo o acuso por ser, no fundo, um déspota, um preguiçoso, mal informado...

Aleksandra Pávlovna cruzou os braços.

— Mal informado! Rúdin!? — exclamou.

— Mal informado — repetiu Liéjnev exatamente com a mesma voz —, que gosta de viver à custa alheia, de desempenhar papéis, e assim por diante... isso tudo está na ordem das coisas. Mas o mal é que ele é frio como o gelo...

— Ele, essa alma ardente, frio! — interrompeu Aleksandra Pávlovna.

— Sim, frio como o gelo, e sabe disso e finge ser impetuoso. E o pior — continuou Liéjnev animando-se gradativamente — é que faz um jogo perigoso — e perigoso não para ele, naturalmente; ele mesmo não aposta um só copeque, um fio de cabelo, mas outros apostam a alma...

— De quem, do que está falando? Não o compreendo — disse Aleksandra Pávlovna.

— E o pior é que é desonesto. Inteligente ele é: deve conhecer o valor de suas palavras — mas as pronuncia como se lhe custassem algo... Não há o que discutir, eloquente ele é; só que sua eloquência não é russa. E além do mais, afinal, a oratória é perdoável a um jovem, mas na sua idade é uma vergonha se divertir com o som da própria voz, é uma vergonha querer aparecer!

— Creio que ao ouvinte, Mikháilo Mikháilitch, é indiferente se ele quer aparecer ou não...

— Perdoe-me, Aleksandra Pávlovna, não é indiferente. Uma pessoa me diz uma palavra e me deixa todo emocionado, outra pode dizer a mesma palavra ou uma ainda mais bonita e eu nem dou ouvido. Por que isso?

— Isto é, *você* não dá — interrompeu Aleksandra Pávlovna.

— Isso mesmo, não dou — replicou Liéjnev —, embora talvez tenha orelhas bem grandes. O fato é que as palavras de Rúdin não passam de meras palavras, que nunca se tornarão atos — e ainda assim essas mesmas palavras podem transtornar e pôr a perder um coração jovem.

— Mas de quem, de quem está falando, Mikháilo Mikháilitch?

Liéjnev deteve-se.

— Deseja saber a quem me refiro? A Natália Aleksêievna.

Aleksandra Pávlovna ficou por um momento perturbada, mas no mesmo instante sorriu.

— Ora — disse —, tem cada pensamento estranho! Natália ainda é uma criança; e, afinal, se realmente houver alguma coisa, acha mesmo que Dária Mikháilovna...

— Dária Mikháilovna, em primeiro lugar, é uma egoísta e vive para si mesma, e, em segundo, está tão segura de sua habilidade para educar os filhos que nem lhe passa pela cabeça preocupar-se com eles. Fu! Como é possível?! A um sinal, a um olhar majestoso — tudo entra na linha. É isso que pensa essa dama, que se imagina uma mecenas, uma cabeça lúcida, e sabe Deus o que mais, mas na verdade não passa de uma velha mundana. E Natália não é uma criança; pode estar certa de que pensa mais e com mais profundidade que nós. E que necessidade tinha uma natureza tão honesta, apaixonada e ardente de se deparar com um ator, um coquete como esse!? Aliás, isso também está na ordem das coisas.

— Coquete! Chama-o de coquete?

— Claro que é... Pois então veja por si mesma, Aleksandra Pávlovna, que papel desempenha em casa de Dária Mikháilovna? Ser ídolo, oráculo da casa, imiscuir-se na ordem, nas bisbilhotices e desavenças familiares — isso lá é digno de um homem?

Aleksandra Pávlovna olhou assombrada para o rosto de Liéjnev.

— Não o reconheço, Mikháilo Mikháilitch — proferiu.

— Está corado e excitado. Realmente, deve haver algo por trás disso...

— Claro, aí está! Você diz a uma mulher algo de que está convencido; mas ela não sossega enquanto não inventa um motivo mesquinho qualquer e que nada tem a ver, que o obriga a falar justamente assim e não de outro modo.

Aleksandra Pávlovna se zangou.

— Bravo, *messiê* Liéjnev! Começa a perseguir as mulheres exatamente como o senhor Pigássov; mas, diga o que disser, por mais perspicaz que seja, ainda assim é-me difícil acreditar que em tão curto espaço de tempo tenha podido compreender tudo e todos. Acho que está enganado. A seu ver, Rúdin é uma espécie de Tartufo.[67]

— É justamente essa a questão, pois nem mesmo Tartufo ele é. Tartufo pelo menos sabia onde queria chegar, já esse, com toda a sua inteligência...

— Pois quem é ele, então? Termine a sua frase, homem vil e injusto!

Liéjnev ergueu-se.

— Ouça, Aleksandra Pávlovna — começou a dizer —, injusta é a senhora, e não eu. Está chateada comigo por causa de minha opinião severa a respeito de Rúdin: tenho o direto de falar dele com severidade! Talvez tenha pago um preço alto por esse direito. Conheço-o bem: convivi com ele por muito tempo. Lembra-se, prometi lhe contar um dia acerca de nossa vida em Moscou. Parece que chegou a hora de fazê--lo. Mas terá a paciência de me ouvir até o fim?

— Fale, fale!

— Então, muito bem.

Liéjnev pôs-se a andar a passos lentos pelo aposento, detendo-se de vez em quando e inclinando a cabeça para a frente.

— Talvez saiba — começou a falar —, ou talvez não saiba que fiquei órfão muito cedo e já aos dezessete anos não tinha ninguém para mandar em mim. Morava na casa de uma tia, em Moscou, e fazia o que queria. Era um rapaz bem fútil e vaidoso, gostava de me exibir e me vangloriar. Ao ingressar na universidade, comportava-me como um colegial, e logo

---

[67] Personagem da comédia homônima de Molière (1622-1673), cujo nome se tornou um substantivo comum para designar uma pessoa hipócrita, bajuladora. (N. da T.)

me meti numa enrascada. Não me porei a lhe contar: não vale a pena. Menti, e menti de modo bem abjeto... Puseram tudo em pratos limpos, apanharam-me na mentira, cobriram--me de vergonha... Estava perdido e desatei a chorar como uma criança. Isso aconteceu no apartamento de um amigo, na presença de muitos colegas. Todos puseram-se a rir de mim, todos, com exceção de um estudante que, note bem, ficara mais indignado comigo que os outros enquanto eu relutava em reconhecer que mentira. Deve ter ficado com pena de mim, ou algo assim, o fato é que me deu o braço e me levou para sua casa.

— Era Rúdin? — perguntou Aleksandra Pávlovna.

— Não, não era Rúdin... Era um homem... agora já morreu... era um homem extraordinário. Chamava-se Pokórski.[68] Não sou capaz de descrevê-lo em poucas palavras, e quando se começa a falar dele já não se quer falar de mais ninguém. Era uma alma pura, elevada, e de uma inteligência como nunca tornei a encontrar. Pokórski morava num quarto pequeno e baixo, no sótão de uma casa velha de madeira. Era muito pobre e mal conseguia se sustentar com as aulas que dava. Acontecia-lhe de não poder oferecer às visitas sequer uma xícara de chá; e seu único sofá estava tão afundado que mais parecia uma canoa. Mas, a despeito de todo esse desconforto, vinha muita gente visitá-lo. Todos o amavam, ele atraía os corações. Não pode imaginar quão doce e alegre era ficar ali em seu quartinho pobre! Em sua casa conheci Rúdin. Na época já tinha se desprendido de seu príncipe.

— O que havia de tão excepcional nesse Pokórski? — perguntou Aleksandra Pávlovna.

---

[68] Segundo Turguêniev, o protótipo de Pokórski foi Nikolai Stankiévitch (1813-1840), ainda que para a composição de sua figura tenham entrado também alguns traços de Bielínski. (N. da T.)

— Como dizê-lo? Poesia e verdade: eis o que atraía todos nós à sua casa. Com sua mente clara e vasta, era encantador e divertido como uma criança. Até hoje ressoa-me aos ouvidos seu riso radiante, e ao mesmo tempo ele

Ardia como uma lâmpada votiva
Diante do santuário do bem...

Foi como se expressou a seu respeito um poeta do nosso círculo, meio louco e encantador.[69]

— E como falava? — tornou a perguntar Aleksandra Pávlovna.

— Falava bem, quando estava inspirado, mas nada de excepcional. Mesmo então Rúdin era vinte vezes mais eloquente que ele.

Liéjnev calou-se e cruzou os braços.

— Pokórski e Rúdin eram muito diferentes um do outro. Em Rúdin havia muito mais brilho e estrépito, mais frases e, talvez, mais entusiasmo. Parecia muito mais dotado que Pokórski, mas na verdade era um pobre coitado em comparação com ele. Rúdin desenvolvia magnificamente qualquer pensamento, discutia com mestria; mas as ideias não eram geradas em sua própria cabeça: tomava-as de outros, sobretudo de Pokórski. Pokórski tinha uma aparência tranquila e suave, até mesmo frágil — era louco por mulheres, gostava de uma farra e não se rendia a ninguém. Rúdin parecia cheio de fogo, de coragem, de vida, mas no íntimo era frio e quase tímido, contanto que não lhe ferissem o amor-próprio: aí subia pelas paredes. Tentava por todos os meios subjugar as pessoas, mas as subjugava em nome de ideias e princípios gerais, e, de fa-

[69] Trata-se do poeta Subbótin, de cabelos eriçados, que será descrito mais adiante no romance, e cujo protótipo foi Vassíli Krassov (1810-1855), do círculo de Stankiévitch e Bielínski. (N. da T.)

to, exercia forte influência sobre muita gente. É verdade que ninguém gostava dele, fui o único, talvez, a afeiçoar-me a ele. Suportavam-lhe o jugo... A Pokórski todos se entregavam por vontade própria. Em compensação, Rúdin nunca se recusava a debater e discutir com o primeiro que encontrava... Não leu muitos livros, mas em todo caso muito mais que Pokórski e que todos nós; além disso, possui mente sistemática e uma memória colossal, e é justamente isso que produz efeito sobre a juventude! Dê-lhe conclusões, resultados, ainda que falsos, mas resultados! Um homem com escrúpulos não se presta a isso. Experimente dizer à juventude que não lhe pode dar a verdade absoluta porque a senhora mesma não a possui... a juventude nem se porá a escutá-la. Mas também não pode enganá-la. Precisa acreditar que possui a verdade, ainda que uma meia-verdade... Foi por isso que Rúdin exerceu uma influência tão forte sobre as pessoas. Veja que acabei de lhe dizer que ele leu pouco, mas lia livros de filosofia, e seu cérebro estava organizado de tal modo que de imediato extraía a ideia geral do que havia lido, penetrava bem na raiz da questão e, já em seguida, a partir dela, traçava linhas de pensamento corretas e luminosas em todas as direções, descobrindo novos horizontes espirituais. Honestamente falando, nosso círculo era constituído então de rapazes, e rapazes que não haviam concluído sua formação. A filosofia, a arte, a ciência e a própria vida — tudo isso eram meras palavras para nós, talvez até conceitos, fascinantes e magníficos, mas dispersos e desconectados. Não tínhamos consciência das conexões gerais entre esses conceitos, da lei geral do universo, não a apreendíamos, embora fizéssemos discussões vagas acerca delas e tentássemos formar uma ideia para nós mesmos... Ao ouvir Rúdin, pela primeira vez tivemos a impressão de que afinal a havíamos apreendido, essa conexão geral, que a cortina afinal se descerrava! Mesmo admitindo que não expressava ideias originais — o que importava? — se uma ordem harmoniosa se instaurara em tudo o que sabíamos, tudo o que estava disperso de repente se fundia, ordenava-se, erguia-se diante de nossos olhos como se fosse um edifício, tudo se tornava claro e o alento soprava por todo lado. Nada permanecia sem sentido e casual: em tudo se manifestava a necessidade racional e a beleza, tudo adquiria um sentido claro e, ao mesmo tempo, enigmático, cada fenômeno isolado da vida soava como um acorde, e nós mesmos, com uma espécie de horror místico de veneração, com um doce tremor do coração, sentíamo-nos como recipientes vivos da verdade eterna, como um instrumento dela, convocados para algo grandioso... Não acha isso tudo ridículo?

— De modo algum! — replicou lentamente Aleksandra Pávlovna. — Por que acha isso? Não o compreendo muito bem, mas não acho ridículo.

— Desde então tivemos tempo para ficar mais sensatos, evidentemente — prosseguiu Liéjnev —, tudo isso agora pode nos parecer infantilidade... Mas, repito, então devíamos muito a Rúdin. Pokórski lhe era incomparavelmente superior, não há dúvida. Pokórski infundia um fogo e uma força em todos nós, mas às vezes se sentia apático e calava-se. Era nervoso e doente; em compensação, quando abria as asas — meu Deus! Que páramos não atingia! Chegava às profundezas e ao azul do céu! Mas em Rúdin, nesse jovem belo e imponente, havia muita mesquinharia; chegava até a bisbilhotar; sua paixão era intrometer-se em tudo, definir e explicar tudo. Sua atividade frenética não se exauria nunca... um político por natureza! Falo dele tal como o conheci então. Aliás, infelizmente, não mudou. Em compensação, suas convicções também não mudaram... aos trinta e cinco anos! Nem todo mundo pode dizer o mesmo de si próprio.

— Sente-se — disse Aleksandra Pávlovna —, por que fica andando pela sala como um pêndulo?

— Sinto-me melhor assim — replicou Liéjnev. — Bem,

depois de entrar para o círculo de Pokórski, posso lhe dizer, Aleksandra Pávlovna, que me regenerei completamente: aquietei-me, passei a indagar, a estudar, fui feliz e reverente — em suma, foi como se tivesse entrado num templo. E, de fato, quando me recordo de nossas reuniões, juro mesmo que havia nelas muita coisa boa e até tocante. Imagine, cinco ou seis rapazes reunidos, uma única vela de sebo acesa, tomando um chá horrível com umas torradas velhas, extremamente velhas; mas se visse nosso rosto e ouvisse nossas conversas! Nos olhos de cada um de nós há entusiasmo, é com as faces em brasa e o coração palpitando que falamos de Deus, da verdade, do futuro da humanidade, de poesia — às vezes dizemos disparates e nos entusiasmamos com futilidades, mas e daí!? Pokórski senta-se com as pernas encolhidas, o rosto pálido apoiado na mão, e seus olhos brilham tanto! Rúdin, de pé no centro da peça, fala, fala esplendidamente, é o jovem Demóstenes, sem tirar nem pôr, diante do mar encrespado... O poeta Subbótin, desgrenhado, emite de vez em quando exclamações entrecortadas, como se estivesse sonhando; Scheller,[70] um estudante de quarenta anos, filho de um pastor protestante alemão, que entre nós ganhou reputação de pensador profundo, graças ao seu silêncio eterno e absolutamente imperturbável, cala-se com uma solenidade singular; mesmo o jovial Schitov, o Aristófanes de nossas reuniões,[71] fica em silêncio e não faz senão sorrir; dois ou três novatos ouvem com um prazer extático... E a noite voa tranquila e suavemente, como se tivesse asas. Eis a manhã cinzenta que já desponta, e nos separamos tocados, alegres, íntegros e sóbrios

---

[70] Personagem baseado em Nikolai Kiettcher (1809-1886), tradutor de Shakespeare, Schiller, Hoffmann e amigo de Herzen e Turguêniev. (N. da T.)

[71] Personagem baseado em Ivan Kliúchnikov (1811-1895), poeta, que fora professor de Turguêniev. (N. da T.)

(na época não havia nem sombra de vinho), com um cansaço agradável na alma... Recordo que ia pelas ruas desertas todo comovido e até para as estrelas olhava de modo mais confiante, como se estivessem mais próximas e mais compreensíveis... Ah! que tempo maravilhoso aquele, nem quero acreditar que tenha sido um desperdício! Não, não foi mesmo um desperdício — não foi um desperdício nem para aqueles que a vida depois aviltou... Quantas vezes aconteceu-me de encontrar essas pessoas, os antigos camaradas! Pareciam ter se tornado verdadeiros animais, mas bastava pronunciar o nome de Pokórski em sua presença para que os últimos vestígios de nobreza começassem a se revolver, como se desarrolhássemos um frasco de perfume esquecido num quarto escuro e sujo...

Liéjnev calou-se; seu rosto pálido cobrira-se de rubor.

— Mas quando brigou com Rúdin, por quê? — perguntou Aleksandra Pávlovna, olhando admirada para Liéjnev.

— Não briguei; afastei-me dele quando soube quem realmente era no exterior. Mas ainda em Moscou poderia ter brigado com ele. Já nessa época me pregara uma peça.

— O que foi?

— Eis o que foi. Eu... como dizê-lo?... Isso não combina com minha pessoa... mas sempre fui de me apaixonar com facilidade.

— O senhor?

— Sim, eu. É estranho, não é? E, no entanto, é assim... Pois bem, eis que na época me apaixonei por uma moça encantadora... Mas por que me olha assim? Poderia lhe contar a meu respeito uma coisa muito mais surpreendente.

— Que coisa é essa, posso saber?

— Veja esse exemplo. Nessa mesma época de Moscou, saía à noite para um encontro... com quem acha que era? Com uma jovem tília no fundo do meu jardim. Abraço seu

Ivan Turguêniev

tronco fino e elegante e é como se abraçasse toda a natureza, e meu coração dilata-se e enlanguesce, como se toda a natureza realmente se derramasse nele... Assim era eu! E que tem isso? Pensa, decerto, que não escrevia versos? Escrevia, sim senhora, e cheguei a compor todo um drama, uma imitação de *Manfredo*.[72] Entre os personagens havia um fantasma com o peito ensanguentado, e não com o próprio sangue, note bem, mas com o sangue da humanidade em geral. Sim, é isso mesmo, não precisa ficar espantada... Mas havia começado a falar de meu amor. Conheci uma moça...

— E deixou de ir ao encontro da tília? — perguntou Aleksandra Pávlovna.

— Deixei. Essa moça era uma criatura muito bonita e bondosa, com olhinhos claros, alegres e voz sonora.

— Descreve muito bem — observou Aleksandra Pávlovna sorrindo.

— E a senhora é uma crítica muito severa — replicou Liéjnev. — Bem, essa moça vivia com seu velho pai... Aliás, não entrarei em detalhes. Só lhe direi que a moça era de fato muito bondosa — sempre haveria de lhe servir três quartos de um copo de chá, mesmo quando pedisse não mais que meio!... No terceiro dia, após o primeiro encontro, já estava louco por ela, e no sétimo não pude mais resistir e contei tudo a Rúdin. É impossível, a um rapaz novo e apaixonado, não dar com a língua nos dentes; e confessei tudo a Rúdin. Na época encontrava-me sob sua inteira influência, e essa influência, direi sem rodeios, era em muitos aspectos benéfica. Foi a primeira pessoa que não me tratou com desprezo e tornou-me mais polido. Eu amava Pokórski com paixão e

---

[72] Estas palavras de Liéjnev possuem um significado autobiográfico para Turguêniev, que quando jovem, em 1834, escreveu o drama *Steno*, segundo ele próprio uma "imitação servil do *Manfredo*, de Byron". (N. do T.)

chegava a sentir um certo receio diante da pureza de sua alma; já de Rúdin sentia-me mais próximo. Quando soube de meu amor, foi tomado de um êxtase indescritível; felicitou-me, abraçou-me e no mesmo instante se pôs a explicar-me e me fazer compreender toda a importância da minha nova situação. Eu era todo ouvidos... Bem, conhece sua capacidade de falar. Suas palavras surtiram um efeito extraordinário. De súbito comecei a sentir um respeito surpreendente por mim mesmo, assumi um ar sério e parei de gracejar. Lembro-me de que na época comecei até a andar com mais cautela, como se tivesse no peito um recipiente cheio de um líquido precioso e temesse derramá-lo... Estava muito feliz, ainda mais porque haviam sido claramente benevolentes comigo. Rúdin manifestou o desejo de conhecer minha namorada; e eu mesmo quase insisti em apresentá-la a ele.

— Ah, agora sim, agora vejo do que se trata — interrompeu Aleksandra Pávlovna. — Rúdin roubou-lhe a namorada e até hoje não consegue perdoá-lo... Posso apostar que não me engano!

— E perderá a aposta, Aleksandra Pávlovna: engana-se. Rúdin não me roubou a namorada e sequer pensava roubá-la de mim, mas, de todo modo, destruiu minha felicidade, se bem que hoje, quando reflito friamente, sinto-me até disposto a agradecê-lo por isso. Mas na época quase fiquei maluco. Rúdin não teve nenhuma intenção de me prejudicar, ao contrário! Mas, em consequência de seu maldito hábito de prender com palavras cada movimento da vida, e não só da sua como da alheia, como se prendem borboletas com alfinetes, pôs-se a explicar a nós mesmos as nossas relações, como deveríamos nos comportar, constrangia-nos despoticamente a fazer um relatório dos nossos sentimentos e pensamentos, elogiava-nos e nos repreendia, passou até a se corresponder conosco, imagine!... Ou seja, deixou-nos deveras desorientados! É pouco provável que me casasse então com essa moça (restava-me ainda um pouco de bom senso), mas ao menos teríamos passado juntos alguns meses agradáveis, ao gênero Paul e Virginie;[73] mas aí vieram os mal-entendidos, tensões de toda espécie — em suma, vieram as tolices. E resultou que um belo dia Rúdin chegou à extrema convicção de que, como amigo, cabia-lhe o sacratíssimo dever de pôr o velho pai a par de tudo — e foi o que fez.

— E o fez? — exclamou Aleksandra Pávlovna.

— Sim, e, note bem, com meu consentimento — o que é mais surpreendente!... Lembro-me até hoje do caos que se formou então em minha cabeça: tudo parecia simplesmente girar e mudar de lugar, como numa câmera escura: o branco parecia preto, o preto — branco, a mentira parecia verdade, e a fantasia — dever... Oh! até hoje sinto vergonha quando me lembro disso! Rúdin — esse não se deixava abater... longe disso! Pairava, às vezes em meio a todo tipo de mal-entendidos e imbróglios, como uma andorinha sobre um lago.

— E separou-se assim de sua donzela? — perguntou Aleksandra Pávlovna, inclinando ingenuamente a cabeça para o lado e soerguendo as sobrancelhas.

— Separei-me, e separei-me de maneira vil, ofensiva, desajeitada, pública, quando não havia necessidade de ser publicamente... Eu mesmo chorava, ela também chorava, e só Deus sabe o que aconteceu. O nó górdio apertava-se — teve de ser cortado, e foi doloroso! Aliás, tudo no mundo se arranja para melhor. Ela se casou com um homem bom e hoje vive bem...

— Mas, confesse, apesar de tudo, não consegue perdoar Rúdin... — começou a dizer Aleksandra Pávlovna.

— Nada disso! — interrompeu-a Liéjnev. — Chorei como uma criança na despedida quando partiu para o estran-

---

[73] Personagens do romance sentimental *Paul et Virginie* (1787), do escritor francês Bernardin de Saint-Pierre. (N. da T.)

geiro. No entanto, verdade seja dita, nessa época a semente já germinava em minha alma. E quando o encontrei mais tarde no exterior... bem, aí já havia amadurecido... Rúdin apareceu-me em sua verdadeira luz.

— O que exatamente descobriu nele?

— Tudo o que lhe disse nessa última hora. Aliás, chega de falar dele. Talvez tudo acabe bem. Só queria lhe demonstrar que, se o julgo com severidade, não é por não conhecê-lo... Quanto a Natália Aleksêievna, não vou gastar palavras supérfluas; mas preste atenção em seu irmão.

— Em meu irmão! E por quê?

— Pois olhe para ele. Será possível que não tenha notado nada?

Aleksandra Pávlovna baixou os olhos.

— Tem razão — murmurou —, com efeito... meu irmão... de uns tempos para cá já não o reconheço... Mas acha mesmo...

— Mais baixo! Ele parece estar vindo para cá — proferiu Liéjnev em voz baixa. — Quanto a Natália, não é mais criança, acredite-me, se bem que, infelizmente, seja tão inexperiente quanto uma criança. Verá que essa menina nos surpreenderá a todos.

— E como?

— Eis como... Sabia que são justamente as moças como ela que se afogam, tomam veneno, etc.? Não se deixe enganar por essa sua aparência tão calma: suas paixões são fortes e seu caráter, então, nem se fala!

— Ora essa, parece-me que está se entregando à poesia. A alguém tão fleumático, suponho que até eu devo parecer um vulcão.

— Isso não! — disse Liéjnev com um sorriso... — E, quanto ao caráter, graças a Deus, não tem nenhum.

— Mas que petulância é essa?

— Essa? É o maior dos cumprimentos, ora bolas...

Volíntsev entrou e lançou um olhar desconfiado para Liéjnev e a irmã. Emagrecera nos últimos tempos. Ambos puseram-se a conversar com ele, que mal sorria em resposta às piadas e parecia, como disse certa vez Pigássov a seu respeito, uma lebre triste. Aliás, é provável que nunca tenha havido no mundo um homem que, ao menos uma vez na vida, não tenha tido uma aparência ainda pior. Volíntsev sentia que Natália se afastava dele e, com ela, também o chão parecia ceder sob seus pés.

VII

O dia seguinte era domingo e Natália levantou-se tarde. No dia anterior, estivera muito calada até a noite, secretamente envergonhada de suas lágrimas, e dormira muito mal. Sentada semivestida diante de seu pequeno piano, ora tirava acordes quase inaudíveis, para não despertar *Mlle.* Boncourt, ora encostava a fronte nas teclas frias e permanecia longo tempo imóvel. Não parava de pensar — não propriamente em Rúdin, mas em alguma palavra qualquer que pronunciara, e ficava absorta em seus pensamentos. Às vezes Volíntsev lhe vinha à memória. Sabia que ele a amava. Mas seus pensamentos o abandonavam no mesmo instante... Sentia uma agitação estranha. Pela manhã vestira-se apressadamente, descera e, após cumprimentar a mãe, aproveitara uma oportunidade e saíra sozinha para o jardim... Estava um dia quente, um dia claro e radiante, apesar da chuvinha intermitente. Nuvens baixas e vaporosas deslizavam lentamente pelo céu claro, sem cobrir o sol, e de vez em quando torrentes abundantes desaguavam sobre o campo, em rajadas súbitas e passageiras. Gotas grandes e brilhantes caíam rapidamente, com uma espécie de ruído seco, como diamantes; o sol brincava através de suas redes cintilantes; a relva, ainda recentemente agitada pelo vento, não se mexia, absorvendo avidamente a umidade; as árvores, regadas, agitavam languidamente suas folhas; os pássaros cantavam sem cessar, e era agradável ouvir-lhes o chilreio palrador mesclado ao murmúrio fresco da água da chuva que caía. As estradas poeirentas fumegavam e matizavam-se levemente sob os golpes bruscos dos respingos espessos. Mas eis que a nuvenzinha passou, começou a subir uma brisa e a relva começou a rutilar em tons de esmeralda e ouro... As folhas das árvores, colando-se umas às outras, começavam a se mostrar... Um aroma intenso evolava-se de toda parte...

O céu estava quase completamente limpo quando Natália foi para o jardim. Dele emanava frescor e silêncio, um silêncio feliz e pacífico, a que o coração humano responde com o doce langor de uma simpatia secreta e de vagos desejos...

Natália caminhava à beira do lago pela longa aleia de álamos prateados; subitamente, Rúdin surge diante dela como se brotasse da terra.

Ela ficou confusa. Ele a fitou no rosto.

— Está sozinha? — perguntou.

— Sim, estou sozinha — respondeu Natália. — Aliás, saí por um instante! É hora de voltar para casa.

— Eu a acompanharei.

E pôs-se a caminhar ao seu lado.

— Parece triste? — proferiu ele.

— Eu?... Também ia lhe dizer que parece estar de mau humor.

— É possível... às vezes me acontece. Em mim isso é mais desculpável que na senhora.

— E por quê? Acaso pensa que não tenho motivos para ficar triste?

— Na sua idade é preciso aproveitar a vida.

Natália deu alguns passos em silêncio.

— Dmitri Nikoláitch — disse ela.

— O quê?

— Lembra-se... da comparação que fez ontem... lembra-se... com o carvalho.

— Bem, sim, lembro-me. E o que tem?

Natália lançou a Rúdin um olhar furtivo.

— Por que... o que queria dizer com essa comparação?

Rúdin baixou a cabeça e desviou o olhar.

— Natália Aleksêievna! — pôs-se a falar, com sua habitual expressão contida e significativa, que sempre levava o ouvinte a pensar que não expressara nem a décima parte do que lhe comprimia a alma. — Natália Aleksêievna! Deve ter notado que pouco falo de meu passado. Há algumas cordas em que não toco nunca. Meu coração... quem tem necessidade de saber o que nele se passou? Pôr isso à mostra sempre me pareceu um sacrilégio. Mas com a senhora sou sincero: inspira-me confiança... Não posso ocultar-lhe que também amei e sofri, como todo mundo... Quando e como? Não vale a pena falar disso, mas meu coração experimentou muita alegria e muita dor...

Rúdin calou-se por um instante.

— O que lhe disse ontem — continuou — pode, até certo ponto, ser aplicado a mim, à minha situação atual. Mas, repito, não vale a pena falar disso. Esse lado da vida para mim não existe mais. Só me resta agora arrastar-me por estradas tórridas e poeirentas, de uma estação a outra, aos solavancos de uma carruagem... Quando chegarei, se chegar — só Deus sabe... É melhor falarmos da senhora.

— Mas será possível, Dmitri Nikoláitch — interrompeu-o Natália —, que não espere nada da vida?

— Oh, não! Espero muito, mas não para mim... Da atividade, da beatitude que ela proporciona, jamais abdicarei, mas do desfrute da felicidade desisti. Minhas esperanças, meus sonhos e a minha própria felicidade nada têm em comum. O amor (a esta palavra deu de ombros)... o amor não é para mim, eu... não o mereço; a mulher que ama tem o direito de exigir um homem por inteiro, e eu, entregar-me por inteiro, não posso. Além disso, agradar é atributo de rapazes: sou velho demais. Como eu poderia virar a cabeça de alguém? Que Deus permita-me aguentar a minha própria sobre os ombros!

— Compreendo — disse Natália —, quem aspira a um grande propósito não deve pensar em si mesmo; mas acaso uma mulher não é capaz de apreciar tal homem? Acho que, ao contrário, tenderá a repelir um egoísta... Todos os jovens, esses rapazes, a seu ver são todos uns egoístas, que só se preocupam consigo mesmos, até quando estão amando. Acredite, a mulher não só é capaz de compreender o autossacrifício: ela própria sabe se sacrificar.

As faces de Natália cobriram-se de leve rubor e seus olhos brilharam. Antes de conhecer Rúdin, nunca teria proferido um discurso tão longo e com tal ardor.

— Por mais de uma vez já ouviu minha opinião acerca da vocação da mulher — objetou Rúdin com um sorriso complacente. — Sabe que, a meu ver, só Joana d'Arc podia salvar a França... mas não se trata disso. Queria falar da senhora. Está no limiar da vida... Falar de seu futuro é tão útil quanto agradável... Ouça: sabe que sou seu amigo; tenho pela senhora um interesse quase fraternal... Por isso espero que não ache minha pergunta indiscreta: diga, seu coração até agora está completamente tranquilo?

Natália ficou toda ruborizada e nada disse. Rúdin deteve-se, e ela também.

— Não está zangada comigo? — perguntou ele.

— Não — respondeu ela —, mas não esperava de modo algum...

— Entretanto — continuou ele —, não é preciso que responda. Conheço seu segredo.

Natália olhou para ele quase com espanto.

— Sim... Sim; sei de quem gosta. E devo dizer-lhe que não poderia ter feito melhor escolha. É excelente pessoa; e saberá apreciá-la; não foi esmagado pela vida — é simples e tem uma alma pura... há de fazê-la feliz.

— De quem está falando, Dmitri Nikoláitch?

— Como se não compreendesse de quem estou falando. De Volíntsev, naturalmente. O que foi? E não é verdade?

Natália afastou-se um pouco de Rúdin. Estava completamente desconcertada.

— Acaso ele não a ama? Ora! Não lhe tira os olhos de cima, segue cada um de seus movimentos; e depois, afinal, será possível ocultar o amor? E acaso também não simpatiza com ele? Pelo que pude notar, também é do agrado de sua mãe... Sua escolha...

— Dmitri Nikoláitch! — interrompeu-o Natália, confusa, estendendo a mão para um arbusto que estava perto. — Para mim é realmente muito embaraçoso falar disso, mas asseguro-lhe... que está enganado.

— Estou enganado? — repetiu Rúdin. — Não acho... Não faz muito que fomos apresentados, mas já a conheço bem. Que significa a mudança que vejo, que vejo claramente? Acaso é exatamente a mesma pessoa que encontrei há seis semanas?... Não, Natália Aleksêievna, seu coração não está em paz.

— Talvez — articulou Natália com uma voz quase inaudível —, mas ainda assim está enganado.

— Como assim? — perguntou Rúdin.

— Deixe-me, não me questione! — respondeu Natália e a passos rápidos dirigiu-se para casa.

Ela própria teve medo de tudo o que subitamente sentia em seu íntimo.

Rúdin a alcançou e a deteve.

— Natália Aleksêievna — disse ele —, essa conversa não pode terminar assim: é importante demais para mim também... Como posso entendê-la?

— Deixe-me! — repetiu Natália.

— Natália Aleksêievna, pelo amor de Deus!

O rosto de Rúdin estampava sua emoção. Estava pálido.

— Entende de tudo, deve entender-me também! — disse Natália, soltou-se de sua mão e saiu sem olhar para trás.

— Uma palavra apenas! — gritou-lhe Rúdin.

Ela se deteve, mas sem se voltar.

— Perguntou-me o que queria dizer com a comparação de ontem. Saiba, então, que não quero enganá-la. Falava de mim mesmo, de meu passado — e da senhora.

— Como? De mim?

— Sim, da senhora; repito, não quero enganá-la... Sabe agora de que sentimento, de que novo sentimento falava então... Até hoje nunca me teria decidido...

De repente Natália cobriu o rosto com as mãos e correu para casa. Estava tão abalada com o desfecho inesperado da conversa com Rúdin que passou correndo diante de Volíntsev sem sequer notá-lo. Ele ficou imóvel, encostado em uma árvore. Um quarto de hora antes chegara à casa de Dária Mikháilovna e a encontrara na sala de visitas, trocara umas duas palavras, retirara-se sem ser notado e saíra à procura de Natália. Guiado pelo instinto inerente aos apaixonados, fora direto ao jardim, defrontando-se com ela e Rúdin no exato momento em que ela se soltava da mão dele. Volíntsev sentiu a vista escurecer. Acompanhando Natália com o olhar, afastou-se da árvore e deu uns dois passos, sem saber para onde e por quê. Rúdin o viu ao aproximar-se. Os dois fitaram-se nos olhos, inclinaram-se e se separaram em silêncio.

"Isso não há de ficar assim" — pensaram ambos.

Volíntsev foi até o fundo do jardim. Sentia-se amargurado e enjoado; um peso de chumbo oprimia-lhe o coração, e de vez em quando fervia-lhe o sangue de raiva. Começou de novo a chuviscar. Rúdin retornou ao seu quarto. Ele também não estava em paz: os pensamentos redemoinhavam em sua cabeça como um turbilhão. O contato confiante e inesperado com uma alma jovem e honesta é capaz de confundir qualquer um.

À mesa tudo parecia dar errado. Natália, toda pálida, mal se mantinha na cadeira e sequer erguia os olhos. Volíntsev, como de costume, sentara-se ao seu lado e de vez em quando punha-se a falar com ela a contragosto. Calhou de Pigássov almoçar nesse dia em casa de Dária Mikháilovna. Era quem mais falava à mesa. Entre outras coisas, pôs-se a demonstrar que os homens, assim como os cães, podem ser divididos em duas espécies: os derrabados e os de cauda longa. "Há pessoas — disse ele — que são derrabadas de nascimento ou por sua própria culpa. Os derrabados se sentem mal: nada conseguem, não têm confiança em si mesmos. Mas o homem que possui cauda longa e peluda é um felizardo. Pode ser pior e mais fraco que o derrabado, mas é seguro de si; basta espalhar sua cauda para encantar a todos. E eis o que é digno de admiração: a cauda é uma parte do corpo completamente inútil, hão de concordar; para que pode servir? Mas todos julgam seus méritos pela cauda."

— Eu — acrescentou com um suspiro — pertenço à espécie dos derrabados, e o mais irritante é que eu mesmo cortei minha cauda.

— Ou seja, o senhor quer dizer — observou Rúdin com indiferença —, o que, aliás, La Rochefoucauld[74] disse muito tempo antes: tenha confiança em si próprio e os outros também terão. O que tem a cauda a ver com isso é que não entendo.

— Permita que cada um — retrucou bruscamente Volíntsev, com os olhos faiscando —, permita que cada um se expresse como queira. Fala-se de despotismo... A meu ver, não há despotismo pior que o das pessoas assim chamadas inteligentes. O diabo que as carregue!

---

[74] François de La Rochefoucauld (1613-1680), escritor francês, autor do livro *Reflexões ou sentenças e máximas morais*. (N. da T.)

Essa saída de Volíntsev deixou a todos perplexos; fez-se um silêncio geral. Rúdin quis encará-lo, mas não suportou seu olhar, virou-se, sorriu e não abriu a boca.

"Ah-ah! também é um derrabado!" — pensou Pigássov; enquanto Natália estava paralisada de medo. Dária Mikháilovna lançou um olhar demorado e perplexo para Volíntsev e, afinal, foi a primeira a romper o silêncio: pôs-se a falar de um cão extraordinário de um amigo seu, o ministro NN...

Volíntsev foi embora logo após o almoço. Ao se despedir de Natália, não se conteve e disse-lhe:

— Por que ficou tão perturbada, como se fosse culpada? Não tem culpa alguma!...

Natália não entendeu nada e limitou-se a segui-lo com o olhar. Antes do chá, Rúdin aproximou-se dela e, inclinando-se sobre a mesa, como se pusesse em ordem os jornais, sussurrou:

— Tudo isso parece um sonho, não é verdade? Preciso vê-la a sós sem falta... ainda que por um minuto. — E dirigiu-se a *Mlle*. Boncourt. — Aqui está — disse ele — o folhetim que procurava — e, tornando a inclinar-se para Natália, acrescentou num sussurro: — procure estar por volta de dez horas ao lado do terraço, no caramanchão lilás: vou esperá-la...

Pigássov foi o herói da noite. Rúdin cedeu-lhe o campo de batalha. Muito divertiu Dária Mikháilovna; primeiro falou de um vizinho seu, que, depois de trinta anos sendo trazido num cortado pela esposa, tornou-se tão efeminado que, ao atravessar certa vez uma pocinha rasa na presença de Pigássov, levou a mão para trás e puxou as abas laterais do sobretudo, como fazem as mulheres com as saias. Depois foi a vez de outro proprietário de terras, que primeiro fora maçom, depois depressivo e em seguida desejara ser banqueiro.

— Como foi que se tornou maçom, Philipp Stepánitch? — perguntou-lhe Pigássov.

— Sabe-se como: deixava crescer a unha do dedo mindinho.

Porém, mais que tudo Dária Mikháilovna riu quando Pigássov desatou a falar de amor e a assegurar também ter tido quem suspirasse por ele, que uma alemã fogosa até o chamava de "Afrikanzinho delicioso e rouquinho". Dária Mikháilovna ria, mas Pigássov não mentia: tinha realmente o direito de se gabar de suas conquistas. E afirmava que não há nada mais fácil do que fazer com que a mulher de sua escolha se apaixone por você: basta repetir-lhe durante dez dias consecutivos que seus lábios são o paraíso e seus olhos a felicidade, que, diante dela, as outras mulheres são simples capachos, e no décimo primeiro dia ela mesma lhe dirá que seus lábios são o paraíso e seus olhos a felicidade, e que está apaixonada por você. Acontece de um tudo nesse mundo. Como saber? Talvez Pigássov tenha razão.

Às nove e meia Rúdin já estava no caramanchão. Nas profundezas longínquas e pálidas do céu começavam a se divisar as primeiras estrelas; o oeste ainda estava coberto de púrpura — e lá o horizonte parecia mais claro e límpido; o semicírculo da lua brilhava como ouro através da rede negra de uma bétula chorosa. As outras árvores se erguiam como gigantes lúgubres, com milhares de fendas que se assemelhavam a olhos, ou mesclavam-se em enormes massas compactas e sombrias. Nenhuma folha se movia; os ramos superiores dos lilases e das acácias pareciam espichar-se para o ar cálido e aguçar o ouvido. A casa estava escura nas proximidades; as longas janelas iluminadas desenhavam nela manchas de luz avermelhadas. Era uma noite dócil e serena; mas nesse silêncio alguém exalava um suspiro contido e apaixonado.

Em pé e de braços cruzados sobre o peito, Rúdin ouvia com uma atenção tensa. O coração batia-lhe forte e ele involuntariamente prendia a respiração. Ouviu afinal uns passos leves e apressados e Natália entrou no caramanchão.

Rúdin precipitou-se para ela e tomou-lhe as mãos. Estavam frias como gelo.

— Natália Aleksêievna! — começou a dizer num sussurro trêmulo. — Queria vê-la... não podia esperar até amanhã. Devo falar-lhe do que não suspeitava, do que não tinha consciência até hoje de manhã: eu a amo.

As mãos de Natália estremeceram ligeiramente nas suas.

— Eu a amo — repetiu —, e como pude enganar-me por tanto tempo, como não percebi há muito tempo que a amava?! E a senhora?... Natália Aleksêievna, diga-me, também...?

Natália mal conseguia tomar fôlego.

— Está vendo, estou aqui — disse ela afinal.

— Não, diga-me se me ama.

— Acho que... sim... — sussurrou ela.

Rúdin apertou-lhe ainda mais as mãos e quis atraí-la para si...

Natália lançou um rápido olhar em torno.

— Solte-me, tenho medo. Parece-me que tem alguém nos ouvindo... Pelo amor de Deus, tome cuidado. Volíntsev está desconfiado.

— Deus o abençoe! Bem viu que hoje nem lhe respondi... Ah, Natália Aleksêievna, como sou feliz! Agora nada pode nos separar!

Natália fitou-o nos olhos.

— Deixe-me ir — sussurrou ela —, devo ir.

— Um instante — começou Rúdin...

— Não, deixe-me, deixe-me ir...

— Parece ter medo de mim.

— Não, mas tenho de ir...

— Então repita-o ao menos mais uma vez...

— Diz que é feliz? — perguntou Natália.

— Eu? Não há no mundo homem mais feliz que eu! Acaso duvida?

Natália ergueu a cabeça. Era belo o seu rosto pálido, nobre, jovem e perturbado à sombra misteriosa do caramanchão, sob a luz fraca que caía do céu noturno.

— Pois saiba — disse ela — que serei sua.

— Oh, Deus! — exclamou Rúdin.

Mas Natália afastou-se e foi embora. Rúdin esperou um pouco, depois saiu lentamente do caramanchão. A lua iluminava-lhe claramente o rosto; em seus lábios pairava um sorriso.

— Sou feliz — pronunciou a meia-voz. — Sim, sou feliz — repetiu, como se desejasse convencer a si mesmo.

Endireitou o corpo, sacudiu os cachos dos cabelos e caminhou a passos largos para o jardim, agitando alegremente os braços.

Enquanto isso, os arbustos no caramanchão de lilases se separavam de mansinho e aparecia Pandaliévski. Olhou cuidadosamente em torno, balançou a cabeça, contraiu os lábios e disse de modo significativo: "Sim, senhor! Isso tem de ser levado ao conhecimento de Dária Mikháilovna" — e desapareceu.

VIII

Ao voltar para casa, Volíntsev estava tão abatido e sombrio, respondeu tão a contragosto à irmã e trancou-se tão depressa em seu gabinete, que ela decidiu enviar um mensageiro atrás de Liéjnev. Sempre recorria a ele nas ocasiões difíceis. Liéjnev mandou dizer que viria no dia seguinte.

Nem pela manhã Volíntsev se sentia mais alegre. Quis ir para o trabalho após o chá, mas ficou em casa, deitou-se no divã e pôs-se a ler um livro, o que não lhe acontecia com frequência. Volíntsev não sentia atração pela literatura, e a poesia simplesmente temia. "Isso é tão incompreensível quanto poesia..." — costumava dizer e, para confirmar suas palavras, citava o seguinte verso do poeta Aibulat:[75]

> *E até o fim dos tristes dias*
> *Nem a experiência orgulhosa, nem a razão*
> *Os não-me-esqueças sangrentos da vida*
> *Esmagarão com a própria mão.*

Aleksandra Pávlovna lançava olhares apreensivos ao irmão, mas não o incomodava com perguntas. Uma carruagem aproximou-se do terraço de entrada. "Bem — pensou —, graças a Deus, Liéjnev..." Um criado entrou e anunciou a chegada de Rúdin.

---

[75] Aibulat, pseudônimo do poeta K. M. Rosen, dos anos de 1830. Verso extraído de seu poema "Duas questões". (N. da T.)

Volíntsev arremessou o livro no chão e soergueu a cabeça.

— Quem chegou? — perguntou.

— Rúdin, Dmitri Nikoláitch — repetiu o criado.

Volíntsev levantou-se.

— Faça-o entrar — disse —, e você, minha irmã — acrescentou, voltando-se para Aleksandra Pávlovna —, deixe-nos a sós.

— Mas por quê? — disse ela.

— Sei o que faço — interrompeu-a com veemência —, eu lhe peço.

Rúdin entrou. De pé no meio da sala, Volíntsev inclinou-se para ele com frieza e não lhe estendeu a mão.

— Confesse que não me esperava — começou a dizer Rúdin, colocando o chapéu na janela.

Tinha os lábios ligeiramente contraídos. Sentia-se constrangido; mas tentava ocultar o embaraço.

— De fato, não o esperava — respondeu Volíntsev —, depois de ontem, só poderia esperar alguém com uma mensagem de sua parte.

— Compreendo o que quer dizer — proferiu Rúdin, sentando-se —, e muito me alegra sua franqueza. É muito melhor assim. Vim pessoalmente porque é um homem de bem.

— Não poderíamos dispensar os elogios? — disse Volíntsev.

— Desejo explicar-lhe por que vim.

— Conhecemo-nos: então por que não haveria de vir? Além do mais, não é a primeira vez que me honra com sua visita.

— Venho procurá-lo como um homem de bem procura outro homem de bem — repetiu Rúdin —, e quero agora apelar ao seu senso de justiça... Deposito-lhe a mais plena confiança.

— E de que se trata? — indagou Volíntsev, que continuava na mesma posição, olhando para Rúdin com um ar melancólico e repuxando às vezes as pontas do bigode.

— Perdão... vim para explicar-me, certamente, mas seria-me impossível dizer tudo de supetão.

— E por que seria impossível?

— Há uma terceira pessoa envolvida nessa questão...

— Que terceira pessoa?

— Serguêi Pávlitch, sei que me compreende.

— Dmitri Nikoláitch, não o compreendo absolutamente.

— Prefere...

— Prefiro que fale sem rodeios! — retrucou Volíntsev. Começava a ficar com raiva de verdade.

Rúdin franziu o cenho.

— Que seja... estamos sozinhos... Devo dizer-lhe — aliás, é provável que já tenha adivinhado (Volíntsev, impaciente, deu de ombros) —, devo dizer-lhe que amo Natália Aleksêievna e tenho o direito de supor que ela também me ama.

Volíntsev empalideceu, mas não disse nada, aproximou-se da janela e ficou de costas.

— Saiba, Serguêi Pávlitch, que — continuou Rúdin —, se não tivesse certeza...

— Valha-me, Deus! — interrompeu-o apressadamente Volíntsev. — Não tenho nenhuma dúvida... Pois bem! Façam bom proveito! Só me admira por que diabos teve a ideia de vir congratular-me com essa notícia... Que tenho a ver com isso? Que me importa a quem ama e quem o ama? Simplesmente, não consigo entender.

Volíntsev continuava a olhar pela janela. Sua voz soava abafada.

Rúdin levantou-se.

— Vou lhe dizer, Serguêi Pávlitch, por que decidi procurá-lo, por que não me considerei sequer no direito de ocultar-lhe nosso... nossa simpatia mútua. Tenho-lhe o mais profundo respeito — e por isso estou aqui; não queria... ambos não queríamos representar diante do senhor uma comédia. Conhecia seus sentimentos por Natália Aleksêievna... Acredite-me, conheço meu valor: sei quão pouco digno sou de substituí-lo em seu coração; mas, se isso estava fadado a acontecer, melhor seria proceder com astúcia, hipocrisia e fingimento? Melhor seria nos sujeitarmos a mal-entendidos ou até mesmo à possibilidade de cenas como a que teve lugar ontem ao jantar? Serguêi Pávlitch, julgue por si mesmo.

Volíntsev cruzou os braços sobre o peito, parecendo esforçar-se para se dominar.

— Serguêi Pávlitch! — continuou Rúdin. — Sinto tê-lo decepcionado... mas tente nos compreender... compreenda que não tínhamos outro meio de lhe demonstrar nosso respeito, de demonstrar que somos capazes de apreciar sua nobreza e retidão. A franqueza, a completa franqueza, com qualquer outro seria descabida, mas nesse caso torna-se um dever. Alegra-nos saber que nosso segredo está em suas mãos...

Volíntsev soltou um riso forçado.

— Agradeço pela confiança! — exclamou. — Embora, peço-lhe que note, não desejasse conhecer seus segredos nem revelar-lhe o meu, contudo dispõe dele como se fosse propriedade sua. Mas, permita-me, parece falar em nome de ambos. Portanto, presumo que Natália Aleksêievna saiba de sua visita e do propósito dela?

Rúdin ficou um pouco perturbado.

— Não, não comuniquei minha intenção a Natália Aleksêievna; mas sei que compartilha meu modo de pensar.

— Tudo isso é muito bonito — começou a dizer Volíntsev após um breve silêncio, pondo-se a tamborilar na vidraça com os dedos —, porém, confesso, seria muito melhor se me respeitasse menos. Para dizer a verdade, seu respeito de nada serve; mas que quer de mim agora?

— Não quero nada... ou melhor, quero uma coisa: que não me considere astuto e pérfido, que me compreenda... Espero que agora não possa mais duvidar da minha sinceridade... Quero, Serguêi Pávlitch, que nos separemos como amigos... e que me estenda a mão como antes...

E Rúdin aproximou-se de Volíntsev.

— Desculpe-me, caro senhor — disse Volíntsev voltando-se e recuando um passo atrás —, estou pronto a fazer plena justiça às suas intenções, tudo isso é muito bonito, digamos que até sublime, mas somos gente simples, não fomos criados a pão de ló, não estamos em condições de acompanhar o voo de mentes tão grandiosas como a sua... O que lhe parece sincero, tomamos por inoportuno e presunçoso... O que lhe é simples e claro, para nós é confuso e obscuro... Vangloria-se daquilo que ocultamos: como então podemos entendê-lo?! Perdoe-me: não posso considerá-lo amigo nem estender-lhe a mão... Isso talvez seja mesquinho; mas eu próprio sou uma pessoa mesquinha.

Rúdin pegou o chapéu do parapeito da janela.

— Serguêi Pávlitch — disse com tristeza —, adeus; frustrei minha expectativa. Minha visita é realmente muito estranha, mas tinha a esperança de que (Volíntsev fez um movimento de impaciência)... Perdoe-me, não tornarei a tocar no assunto. Considerando tudo, vejo claramente que tem razão e não poderia proceder de outro modo. Adeus, e permita-me, pelo menos uma vez mais, pela última vez, assegurar-lhe que tive a melhor das intenções... Estou certo de sua discrição...

— Isso já é demais! — exclamou Volíntsev, tremendo de raiva. — Nunca pedi sua confiança e, portanto, não tem o direito de contar com minha discrição!

Rúdin quis dizer algo, mas limitou-se a um aceno de mão, inclinou-se e saiu, enquanto Volíntsev atirava-se ao divã, virando o rosto para a parede.

— Posso entrar? — ouviu-se à porta a voz de Aleksandra Pávlovna.

Volíntsev não respondeu de imediato e furtivamente passou a mão pelo rosto.

— Não, Sacha[76] — respondeu, com a voz levemente alterada —, espere mais um pouco.

Meia hora depois, Aleksandra Pávlovna tornou a se aproximar da porta.

— Mikhail Mikháilitch está aqui — disse ela —, quer vê-lo?

— Quero — respondeu Volíntsev —, mande-o vir aqui.

Liéjnev entrou.

— Que há, está doente? — perguntou, sentando-se na poltrona ao lado do divã.

Volíntsev soergueu-se, apoiou-se no cotovelo, ficou olhando longamente para o amigo e aí transmitiu-lhe toda a sua conversa com Rúdin, palavra por palavra. Até então, nunca havia sequer insinuado a Liéjnev seus sentimentos por Natália, embora desconfiasse que para ele não eram segredo.

— Bem, meu amigo, estou pasmo — proferiu Liéjnev tão logo Volíntsev terminou seu relato. — Esperava muita coisa estranha dele, mas isso é... Aliás, é a cara dele.

— Ora! — exclamou Volíntsev, agitado. — É simplesmente uma desfaçatez! Pois quase o atirei para fora da janela. Será que queria vangloriar-se diante de mim ou sentiu medo? E com que propósito? Como pode atrever-se a procurar uma pessoa...

Volíntsev colocou as mãos atrás da cabeça e ficou em silêncio.

— Não, meu amigo, não é isso — replicou calmamente Liéjnev. — Talvez não acredite, mas ele fez isso com boa in-

---

[76] Diminutivo de Aleksandra. (N. da T.)

tenção. Realmente... Isso, veja só, foi por uma questão de nobreza e franqueza, e também porque se lhe apresentava uma ocasião para falar, para dar largas à sua eloquência; pois é do que precisamos e sem o que não podemos viver... Ah, a língua é sua inimiga... Mas, em compensação, também é sua serva.

— Com que solenidade entrou e falou, não pode imaginar...!

— Bem, mas sem isso não pode passar. Abotoa a sobrecasaca como se cumprisse um dever sagrado. Gostaria de colocá-lo numa ilha deserta e ficar de tocaia, para ver como haveria de proceder lá. E está sempre falando de simplicidade!

— Mas diga-me, meu amigo, pelo amor de Deus — inquiriu Volíntsev —, o que é isso, filosofia ou o quê?

— Como posso lhe dizer? Por um lado talvez seja de fato filosofia; mas, por outro, é algo completamente diferente. Não nos cabe imputar à filosofia toda espécie de disparate.

Volíntsev deitou-lhe um olhar.

— E não estaria mentindo, o que acha?

— Não, meu filho, não mentiu. E quer saber de uma coisa? Chega de falar disso. Então, meu amigo, vamos acender um cachimbo e solicitar que Aleksandra Pávlovna venha para cá... Em sua presença, é melhor conversar e mais fácil guardar silêncio. Ela nos servirá um chá.

— É provável — objetou Volíntsev. — Sacha, entre! — gritou.

Aleksandra Pávlovna entrou. Ele agarrou-lhe a mão e apertou-a calorosamente contra os lábios.

Rúdin voltou para casa num estado de espírito estranho e perturbado. Estava irritado consigo mesmo e recriminava-se por sua infantilidade e precipitação imperdoável.

Não por acaso alguém disse: nada é mais penoso que a consciência de uma estupidez recém-cometida.

O arrependimento corroía Rúdin.

"Por que diabo — murmurou entre dentes — tinha de procurar esse latifundiário? Que ideia foi essa! Só para suportar desaforos!"

Entretanto, em casa de Dária Mikháilovna acontecia algo extraordinário. A própria dona da casa não dera as caras durante toda a manhã nem aparecera para o almoço: segundo assegurava Pandaliévski, única pessoa admitida em seus aposentos, ela estava com dor de cabeça. Também Natália, Rúdin quase não vira: estava em seu quarto com *Mlle*. Boncourt... Ao encontrá-lo na sala de jantar, olhara para ele com tanta tristeza que sentiu um aperto no coração. Tinha o semblante mudado, como se uma desgraça houvesse desabado sobre ela desde o dia anterior. Rúdin começou a se sentir oprimido pela melancolia de vagos pressentimentos. Para se distrair de algum modo, ocupava-se de Bassístov; conversou muito com ele e descobriu que era um jovem ardente, vivo e cheio de esperanças entusiastas e uma fé ainda intacta. À noite, Dária Mikháilovna apareceu por umas duas horas na sala de visitas. Foi gentil com Rúdin, mas manteve-se como que distante, e ora ria, ora carregava o sobrecenho e falava fanhoso e cada vez mais por alusões... Exalava assim um ar de dama da corte. Nas últimas horas, parecia ter esfriado um pouco com Rúdin. "Que enigma será esse?" — pensava ele, olhando de soslaio para sua cabeça atirada para trás na poltrona.

Não teve que esperar muito a resolução do enigma. Ao retornar para o quarto, por volta de meia-noite, o corredor estava escuro. De repente alguém lhe enfiou um bilhete na mão. Olhou em torno: afastava-se dele uma jovem que lhe parecera ser a criada de Natália. Entrou no quarto, despachou o criado, abriu o bilhete e leu as linhas a seguir, escritas por Natália:

"Vá amanhã de manhã, o mais tardar às sete horas, ao lago Avdiúkhin, atrás do carvalhal. Em nenhum outro momento será possível. Será nosso último encontro, e tudo estará acabado se... Venha. Será necessário tomar uma decisão...

P. S. Se eu não for, significa que não nos tornaremos a ver: então o porei a par..."

Rúdin ficou pensativo, virou o bilhete na mão, colocou-o sob o travesseiro, despiu-se e deitou-se, mas não adormeceu logo, teve um sono leve, e não eram ainda cinco horas quando acordou.

IX

O lago Avdiúkhin, à beira do qual Natália marcara o encontro com Rúdin, há muito deixara de ser um lago. A barragem havia se rompido uns trinta anos atrás e desde então estava abandonado. Só pelo fundo liso e plano da ravina, outrora coberta de lodo pegajoso, e pelos restos da barragem podia-se perceber que houvera ali um lago. Nesse mesmo lugar havia existido uma casa senhorial, que há muito desaparecera. Dois enormes pinheiros preservavam sua lembrança; o vento sibilava sem cessar e uivava lugubremente em sua folhagem alta e rala... Entre o povo corriam rumores misteriosos de um crime terrível, supostamente cometido sob sua ramagem; dizia-se também que nenhum deles cairia sem causar a morte de alguém; que antes havia aqui um terceiro pinheiro, que uma tempestade derrubara, esmagando uma menina. Todo o local em torno do antigo lago era considerado assombrado; vazio e nu, mas ermo e sombrio, mesmo em dias ensolarados parecia ainda mais sombrio e ermo, em vista da proximidade do velho carvalhal, há muito ressequido e morto. Os raros esqueletos cinza de árvores enormes elevavam-se como fantasmas desalentados acima das moitas de arbustos. Era arrepiante olhar para eles: davam a impressão de velhos perversos reunidos para tramar alguma maldade. Uma senda estreita e pouco trilhada serpeava ao lado. Ninguém passava perto do lago Avdiúkhin a não ser por alguma necessidade premente. Natália escolhera lugar tão solitário de propósito. De lá até a casa de Dária Mikháilovna não dava mais de meia versta.

O sol já há muito despontara, quando Rúdin chegou ao lago Avdiúkhin, mas a manhã não estava luminosa. Nuvens densas, de cor leitosa, cobriam todo o céu; assobiando e ganindo, o vento rapidamente as expulsava. Rúdin se pôs a andar para a frente e para trás pela represa coberta de bardana viscosa e urtiga enegrecida. Não se sentia tranquilo. Esses encontros e essas novas sensações entretinham-lhe a atenção, mas também o alarmavam, sobretudo após o bilhete da noite anterior. Percebia que o desenlace se aproximava e sentia-se secretamente transtornado, embora ninguém pudesse suspeitar, ao ver a determinação concentrada com que cruzava os braços sobre o peito e olhava em torno. Não por acaso Pigássov dissera uma vez que ele vivia balançando a cabeça como um boneco chinês. Mas, usando apenas a inteligência, por mais poderosa que ela seja, um homem dificilmente saberá até mesmo o que se passa em seu íntimo... Rúdin, o inteligente e perspicaz Rúdin, não estava em condições de dizer com certeza se amava Natália, se estava sofrendo e se sofreria ao se separar dela. Por que, então, sem sequer ter a pretensão de ser um Lovelace[77] — justiça lhe seja feita —, virara a cabeça da pobre moça? Por que a esperava com um tremor secreto? Para isso, só há uma resposta: ninguém se deixa arrebatar mais facilmente que as pessoas impassíveis.

Enquanto ele andava pela represa, Natália apressava-se diretamente através do campo, pela relva úmida.

— Senhorita! Senhorita! Está molhando os pés — dizia sua criada Macha, mal conseguindo acompanhá-la.

Natália não lhe dava atenção e corria sem olhar para trás.

— Oh, contanto que não nos tenham visto! — repetia Macha. — É mesmo de admirar como saímos de casa. Toma-

---

[77] Personagem libertino do romance *Clarissa* (1748), do escritor sentimental inglês Samuel Richardson (1689-1761). (N. da T.)

ra que *mademoiselle* não tenha acordado... Ainda bem que não é longe... E já está esperando — acrescentou, ao avistar subitamente a figura imponente de Rúdin, que se destacava pitorescamente na represa —, mas fez mal em se pôr à vista de todos: devia ter descido a ravina.

Natália deteve-se.

— Espere aqui, Macha, junto aos pinheiros — proferiu e desceu ao lago.

Rúdin aproximou-se dela e hesitou, pasmo. Ainda não lhe notara tal expressão no rosto. O sobrolho estava carregado, os lábios contraídos e os olhos fitavam de modo direto e severo.

— Dmitri Nikoláitch — começou ela —, não temos tempo a perder. Só tenho cinco minutos. Devo lhe dizer que minha mãe sabe tudo. O senhor Pandaliévski nos viu anteontem e contou-lhe sobre nosso encontro. Sempre foi espião de minha mãe. Ontem ela mandou me chamar.

— Oh, meu Deus! — exclamou Rúdin. — Isso é terrível... E o que disse sua mãe?

— Não estava zangada comigo, nem me censurou, apenas repreendeu-me por minha leviandade.

— Só?

— Sim, e declarou que prefere ver-me morta a sua esposa.

— Disse realmente isso?

— Sim, e ainda acrescentou que o senhor mesmo não tem a menor intenção de se casar comigo, que me fizera a corte apenas por fazer, por tédio, e que não esperava isso de sua parte; que, aliás, ela mesma era culpada: por ter-me permitido vê-lo com tanta frequência... que conta com meu bom senso, que está muito surpresa comigo... e agora já nem me lembro de tudo que disse.

Natália pronunciou tudo isso num mesmo tom de voz, quase inexpressivo.

— E o que lhe respondeu, Natália Aleksêievna? — perguntou Rúdin.

— O que lhe respondi? — repetiu Natália. — O que *o senhor* pretende fazer agora?

— Meu Deus! Meu Deus — replicou Rúdin —, isso é cruel! Tão depressa... um golpe tão repentino!... E sua mãe ficou muito indignada?

— Sim... Ficou, nem quer ouvir falar o seu nome.

— Isso é terrível! Portanto, não há nenhuma esperança?

— Nenhuma.

— Por que somos tão infelizes!? Que infame é esse Pandaliévski!... Pergunta-me, Natália Aleksêievna, o que pretendo fazer? Minha cabeça está girando — não posso tomar nenhuma decisão... Sinto apenas minha infelicidade... E admira-me que consiga manter o sangue-frio!...

— Pensa que me é fácil? — disse Natália.

Rúdin pôs-se a andar pela represa. Natália não tirava os olhos dele.

— Sua mãe não lhe fez um interrogatório? — proferiu ele, afinal.

— Perguntou-me se o amo.

— Bem... e o que respondeu?

Natália ficou em silêncio por um momento.

— Não menti.

Rúdin tomou-lhe as mãos.

— Sempre nobre e generosa em tudo! Ah, um coração de menina: é ouro puro! Mas terá sido sua mãe de fato tão decisiva ao declarar sua vontade quanto à impossibilidade de nosso casamento?

— Sim, foi decisiva. Já lhe disse, está convicta de que nem mesmo pensa em casar comigo.

— Então toma-me por um embusteiro! O que fiz para merecer isso?

E Rúdin segurou a cabeça entre as mãos.

— Dmitri Nikoláitch! — proferiu Natália. — Estamos perdendo tempo inutilmente. Lembre-se de que é a última vez que o vejo. Não vim aqui para chorar, nem para me queixar — como vê, não estou chorando —, vim em busca de um conselho.

— E que conselho lhe posso dar, Natália Aleksêievna?

— Que conselho? É homem, acostumei-me a confiar no que diz e continuarei confiando até o fim. Diga-me, quais são suas intenções?

— Minhas intenções? É provável que sua mãe não me receba mais em casa.

— Talvez. Já anunciou-me ontem que deverá romper relações com o senhor... Mas não respondeu à minha pergunta.

— Que pergunta?

— O que acha que devemos fazer agora?

— O que podemos fazer? — replicou Rúdin. — Submetermo-nos, obviamente.

— Submetermo-nos — repetiu lentamente Natália, e seus lábios empalideceram.

— Submetermo-nos ao destino — continuou Rúdin. — Que se há de fazer! Sei muito bem que é amargo, doloroso, insuportável; mas julgue por si mesma, Natália Aleksêievna, sou pobre... É verdade que posso trabalhar; mas ainda que fosse um homem rico, estaria em condições de suportar a separação forçada de sua família, a cólera da sua mãe?... Não, Natália Aleksêievna, quanto a isso nem há o que pensar. É evidente que não estamos destinados a viver juntos, e a felicidade com que sonhei não é para mim!

Súbito Natália cobriu o rosto com as mãos e começou a chorar. Rúdin aproximou-se dela.

— Natália Aleksêievna! Querida Natália! — pôs-se a dizer com ardor. — Não chore, pelo amor de Deus, não me torture, conforme-se...

Rúdin

125

Natália ergueu a cabeça.

— Está dizendo para me conformar — começou a dizer, e seus olhos brilhavam em meio às lágrimas —, não choro pelo que pensa... Não é isso o que me dói, o que me dói é ter-me enganado a seu respeito... O quê! Venho em busca de um conselho, e em que momento, e sua primeira palavra é: submeter-se... Submeter-se! Então é assim que põe em prática a sua interpretação de liberdade, de sacrifício, que...

Embargou-se-lhe a voz.

— Mas, Natália Aleksêievna — começou Rúdin desconcertado — lembre-se... não renego minhas palavras... apenas...

— Perguntou-me — continuou ela com força renovada — o que respondi a minha mãe quando ela declarou que preferia a minha morte a nos ver casados: respondi-lhe que preferia morrer a casar com outro... E o que tem a dizer é: submeter-se! Então ela estava certa: parece que, por falta do que fazer, por tédio, pôs-se a brincar comigo...

— Juro, Natália Aleksêievna... eu lhe asseguro... — repetia Rúdin.

Mas ela não o ouvia.

— Então por que não me deteve? Por que o senhor próprio... Ou não contava com obstáculos? Tenho vergonha de falar disso... mas agora está tudo acabado.

— Precisa acalmar-se, Natália Aleksêievna — começou Rúdin —, temos de pensar juntos que medidas...

— Falou tantas vezes de autossacrifício — interrompeu ela —, mas sabia que, se me tivesse dito hoje, agora mesmo: "Eu a amo, mas não posso casar, não respondo pelo futuro, dê-me a sua mão e venha comigo" — sabia que o teria seguido, sabia que estaria disposta a tudo? Mas, certamente, da palavra à ação vai uma grande distância, e agora acovarda-se, exatamente como anteontem, durante o almoço, diante de Volíntsev!

O rubor subiu às faces de Rúdin. O arroubo inesperado de Natália o deixava estupefato, mas suas últimas palavras feriram-lhe o amor-próprio.

— Agora está muito irritada, Natália Aleksêievna — começou ele —, não faz ideia de quão cruelmente me ofende. Espero que com o tempo possa fazer-me justiça; compreenderá quanto me custou renunciar a uma felicidade que, como acaba de dizer, não me impunha qualquer obrigação. Sua paz de espírito me é mais cara do que qualquer coisa no mundo, e seria o mais vil dos homens se decidisse aproveitar-me...

— Talvez, talvez — interrompeu-o Natália —, talvez tenha razão e eu não saiba o que digo. Mas até agora acreditei no senhor, acreditei em cada uma de suas palavras... Doravante, por favor, procure ponderá-las, não as lance ao vento. Quando lhe disse que o amava, conhecia o significado dessa palavra: estava disposta a tudo... Agora só me resta agradecer-lhe a lição e me despedir.

— Pare, pelo amor de Deus, Natália Aleksêievna. Eu lhe suplico. Não mereço seu desprezo, eu lhe juro. Ponha-se no meu lugar. Respondo por você e por mim próprio. Se não a amasse com o mais devotado amor — sim, meu Deus! Teria imediatamente lhe proposto que fugisse comigo... Cedo ou tarde, sua mãe nos perdoaria... e então... Mas antes de pensar na minha própria felicidade...

Deteve-se. O olhar de Natália, cravado nele, o perturbava.

— Está tentando demonstrar-me que é um homem honesto, Dmitri Nikoláitch — proferiu ela —, disso não duvido. Não é capaz de agir por cálculo; mas acaso era disso que queria me convencer, terá sido para isso que vim aqui?...

— Não esperava, Natália Aleksêievna...

— Ah! Eis que se trai! Claro, não esperava tudo isso; não me conhecia. Não se preocupe... não me ama, e não sou de me oferecer a ninguém.

— Eu a amo! — exclamou Rúdin.

Natália endireitou-se.

— Talvez, mas como me ama? Lembro-me de todas as suas palavras, Dmitri Nikoláievitch. Recorda-se? Disse-me que sem plena igualdade não há amor... Está a uma altura elevada demais para mim, não sou par para o senhor... Mereço ser punida. Tem pela frente ocupações que lhe são mais dignas... Não me esquecerei deste dia... Adeus...

— Natália Aleksêievna, está indo embora? Será possível que nos separaremos assim?

Ele lhe estendeu os braços. Ela se deteve. Sua voz suplicante pareceu fazê-la hesitar.

— Não — proferiu afinal —, sinto que algo se partiu em mim... Vim aqui e falei-lhe como se estivesse febril; preciso recobrar os sentidos. Não tinha de ser, como o senhor mesmo disse, e não será. Meu Deus, quando vinha para cá, despedia--me mentalmente da minha casa e de todo o meu passado — e o que houve? Quem encontrei aqui? Um homem pusilânime... E como sabia que não seria capaz de suportar a separação da família? "Sua mãe não concorda... Isso é terrível!" Foi tudo o que ouvi de sua boca. Este é o senhor, é este o senhor, Rúdin? Não! Adeus... Ah! Se me amasse, eu o sentiria agora, nesse instante... Não, não, adeus!...

Voltou-se rapidamente e correu para junto de Macha, que havia muito começara a inquietar-se e fazer-lhe sinais.

— É a senhora que se acovarda, e não eu! — gritou Rúdin, indo atrás de Natália.

Ela já não lhe prestava atenção e voltava a toda pressa para casa através do campo. Retornou ao seu quarto sem ser vista; mas, mal transpôs o limiar, as forças lhe faltaram e caiu inconsciente nos braços de Macha.

Rúdin, entretanto, permaneceu ainda longo tempo na represa. Afinal recobrou o ânimo, chegou a passos lentos até o pequeno atalho e seguiu por ele em silêncio. Estava muito envergonhado... e amargurado. "O que é isso? — pensava. — Aos dezoito anos!... Não, não a conhecia... É uma moça notável... Que força de vontade!... Está certa; não merece um amor como o que sentia por ela... Sentia?... — perguntou a si mesmo. — Será que já não o sinto mais? Era assim que tudo tinha de terminar? Como fui lastimável e insignificante diante dela!"

O ruído suave de uma *drójki* de corrida fez Rúdin erguer os olhos. Era Liéjnev que lhe vinha de encontro em seu trotão de sempre. Rúdin o saudou em silêncio e, como que impressionado por um pensamento súbito, desviou-se da estrada e dirigiu-se rapidamente à casa de Dária Mikháilovna.

Liéjnev esperou que se afastasse e, seguindo-o com o olhar, depois de pensar um pouco, também fez o cavalo tomar a direção oposta — e voltou para a casa de Volíntsev, onde passara a noite. Encontrou-o dormindo, deu ordens para que não o acordassem e, enquanto esperava o chá, sentou-se na varanda e acendeu o cachimbo.

X

Volíntsev levantou-se por volta de dez horas e, ao saber que Liéjnev estava na varanda, ficou muito admirado e mandou que o chamassem.

— O que aconteceu? — perguntou ele. — Achei que quisesse ir para casa.

— Queria mesmo, mas encontrei Rúdin... Caminhava sozinho pelo campo, e com uma expressão muito desolada! Então resolvi voltar.

— Voltou porque encontrou Rúdin?

— Para dizer a verdade, nem eu mesmo sei por que voltei; provavelmente porque me lembrei de você: senti vontade de ficar mais um pouco em sua companhia, e ainda tenho tempo de ir para casa.

Volíntsev esboçou um sorriso amargo.

— Sim, agora não se pode pensar em Rúdin sem pensar também em mim... Criado! — gritou. — Sirva-nos o chá.

Os amigos puseram-se a tomar chá. Liéjnev começou a falar de administração rural, de um novo modo de revestir celeiros com papel...

De repente Volíntsev saltou da poltrona e deu um soco na mesa com tanta força que fez tilintar as xícaras e os pires.

— Não! — exclamou. — Não posso suportar isso por mais tempo! Vou desafiar essa sumidade, e que ele me acerte, ou então tentarei meter-lhe uma bala no cérebro de cientista.

— Que é isso, que está dizendo, tenha dó! — murmurou Liéjnev. — Como pode gritar assim! Deixei cair o cachimbo... O que há com você?

— Acontece que não posso ouvir-lhe o nome com indiferença: ferve-me o sangue.

— Basta, meu amigo, basta! Deveria se envergonhar! — replicou Liéjnev, pegando o cachimbo do chão. — Chega! Deixe-o pra lá...

— Insultou-me — continuou Volíntsev, andando de um lado para o outro do aposento... — Sim! Insultou-me. Há de convir comigo. Num primeiro momento, fiquei sem saída: pegou-me de surpresa; e, além do mais, quem poderia esperar por isso? Mas vou lhe mostrar que comigo não se brinca... Vou matá-lo, esse amaldiçoado filósofo, como se mata uma perdiz.

— E ganhará muito com isso, é claro! Já nem falo de sua irmã. É evidente que está dominado pela paixão... como poderia pensar na própria irmã! E, no que se refere à outra pessoa, acha que, com o filósofo morto, terá resolvido a questão?

Volíntsev atirou-se na poltrona.

— Então partirei para algum lugar! Pois aqui a tristeza só fará sufocar-me o coração; acontece que não consigo encontrar nenhum lugar.

— Ir embora... já é outra coisa! E com isso estou de acordo. E sabe o que lhe proponho? Vamos juntos — para o Cáucaso, ou simplesmente para a Pequena-Rússia, comer *galúchki*.[78] É uma boa ideia, meu amigo!

— Sim; e minha irmã, com quem havemos de deixar?

— E por que Aleksandra Pávlovna não poderia ir conosco? Realmente, seria perfeito. Quanto a cuidar dela, encar-

---

[78] Pedaços de massa cozidos em leite ou caldo. (N. da T.)

rego-me disso! Nada faltará; se quiser, organizarei uma serenata à sua janela todas as noites; perfumarei os cocheiros com água-de-colônia, espalharei flores nas estradas. E assim, meu amigo, você e eu simplesmente renasceremos; vamos nos divertir tanto, e voltaremos com tamanha barriga, que amor nenhum nos haverá mais de tentar!

— Sempre brincando, Micha![79]

— Não estou brincando, absolutamente. Essa ideia que lhe veio à mente é brilhante.

— Não! É uma tolice! — tornou a bradar Volíntsev. — Quero lutar, bater-me com ele!...

— De novo! Está mesmo enfurecido hoje, meu amigo!...
Um criado entrou com uma carta na mão.

— De quem é? — perguntou Liéjnev.

— De Rúdin, Dmitri Nikoláitch. Trouxe-a um criado dos Lassúnski.

— De Rúdin? — repetiu Volíntsev. — Para quem?

— Para o senhor.

— Para mim... dê-ma.

Volíntsev agarrou a carta, abriu-a rapidamente e começou a ler. Liéjnev o observava atentamente: uma estranha estupefação, quase alegre, transparecia no semblante de Volíntsev; ele deixou pender os braços.

— O que é isso? — perguntou Liéjnev.

— Leia — proferiu Volíntsev a meia-voz e entregou-lhe a carta.

Liéjnev começou a ler. Eis o que escrevera Rúdin:

"Prezado senhor Serguêi Pávlovitch!
Parto hoje da casa de Dária Mikháilovna, e parto para sempre. Isso, certamente, o deixará surpreso, sobretudo após

---

[79] Diminutivo de Mikháilo. (N. da T.)

o que ocorreu ontem. Não posso explicar-lhe o que exatamente obriga-me a proceder desta maneira, mas parece-me, por algum motivo, que devo informá-lo de minha partida. Não gosta de mim e considera-me até mesmo uma pessoa má. Não tenho a intenção de justificar-me: o tempo o fará. A meu ver, é não apenas inútil como indigno de um homem pôr-se a demonstrar a uma pessoa preconceituosa a injustiça de seu preconceito. Quem quiser me compreender, há de me perdoar, e quem não quiser ou não puder me compreender, suas acusações não me atingem. Enganei-me a seu respeito. A meus olhos o senhor permanece o homem nobre e honrado de antes; supunha, no entanto, que seria capaz de elevar-se acima do meio em que cresceu... Enganei-me. Que fazer? Não é a primeira, nem será a última vez. Repito: estou partindo. Desejo-lhe toda felicidade. Há de concordar que é um desejo completamente desinteressado, e espero que agora seja feliz. Talvez com o tempo mude de opinião a meu respeito. Se voltaremos a nos ver algum dia, não sei, mas, em todo caso, continuo a respeitá-lo sinceramente.

D. R.

P. S. Envio-lhe os duzentos rublos que devo assim que chegar à minha aldeia, na província T. Peço-lhe também para não falar desta carta na presença de Dária Mikháilovna.

P. P. S. Mais um último pedido, todavia importante: já que agora estou partindo, então espero que não mencione diante de Natália Aleksêievna a visita que lhe fiz...”

— E, então, o que me diz? — perguntou Volíntsev logo que Liéjnev acabou de ler a carta.

— Que há a dizer? — replicou Liéjnev. — Podemos exclamar à moda oriental: "Alá! Alá!", e pôr o dedo na boca de espanto: é tudo que podemos fazer. Está partindo... Então, que bons ventos o levem! Mas eis o que é curioso: afinal de contas, considerou seu dever escrever esta carta e apareceu para vê-lo por um sentimento de dever... Esses senhores encontram deveres a cada passo, o tempo todo deveres e mais deveres — acrescentou Liéjnev com um sorriso, indicando o *post scriptum*.

— E as frases que solta! — exlamou Volíntsev. — Enganou-se a meu respeito, esperava que me elevasse acima de certo meio... Que ladainha, meu Deus! Pior que poesia!

Liéjnev nada respondeu; só seus olhos sorriram.

Volíntsev levantou-se.

— Quero ir à casa de Dária Mikháilovna — disse —, quero saber o que significa tudo isso...

— Tenha paciência, meu amigo: dê-lhe o tempo de se retirar. Para que tornar a entrar em choque com ele? Afinal, vai desaparecer — que mais quer? Faria melhor se deitasse e dormisse um pouco, pois com certeza passou a noite toda virando-se na cama. E agora as coisas estão se arranjando para você...

— De onde tirou essa conclusão?

— É o que me parece. Realmente, tire uma soneca, enquanto vou ver sua irmã e fazer-lhe um pouco de companhia.

— Não tenho nem um pouco de sono. Por que diabo iria dormir?! Prefiro ir vistoriar a lavoura — disse Volíntsev, repuxando as abas do casaco.

— Isso também é bom. Vá, meu amigo, vá vistoriar a lavoura...

E Liéjnev se dirigiu aos aposentos de Aleksandra Pávlovna. Encontrou-a na sala de estar. Ela o acolheu amavelmente. Ficava sempre feliz em vê-lo; mas seu semblante permanecia triste. A visita de Rúdin no dia anterior a deixara inquieta.

— Estava com meu irmão? — perguntou a Liéjnev. — Como está ele hoje?

— Bem, foi inspecionar a lavoura.

Aleksandra Pávlovna ficou em silêncio.

— Por favor, diga-me — pôs-se a dizer, examinando atentamente a bainha do lenço —, sabe por que...

— Rúdin esteve aqui? — concluiu Liéjnev. — Sei, veio se despedir.

Aleksandra Pávlovna ergueu a cabeça.

— Como... despedir-se?

— Sim. Então não sabe? Está deixando a casa de Dária Mikháilovna.

— Está partindo?

— Para sempre; pelo menos é o que diz.

— Mas, ora, como é possível entender isso, depois de tudo o que...

— Isso já é outro assunto! Não é possível entendê-lo, mas é assim. Algo deve ter ocorrido entre eles. Puxou demais a corda — e ela rebentou.

— Mikháilo Mikháilitch! — começou Aleksandra Pávlovna. — Não compreendo coisa alguma, acho que está caçoando de mim...

— Não mesmo... Só lhe digo que está partindo, e até mesmo informa os amigos por escrito. E, se quer saber, de certo ponto de vista isso não é mau; no entanto, sua partida atrapalhou a realização de uma empresa surpreendente, sobre a qual começava a discutir com seu irmão.

— O que quer dizer? Que empresa?

— Eis do que se trata. Propus ao seu irmão fazermos uma viagem para nos distrairmos e levá-la conosco. Encarreguei-me, especialmente, de cuidar[80] de você...

— Isso é esplêndido! — exclamou Aleksandra Pávlovna. — Imagino como cuidaria de mim. Haveria de deixar-me morrer de fome.

---

[80] No original, *ukhájivat*, palavra que tem também o sentido de fazer a corte, cortejar. (N. da T.)

— Fala isso, Aleksandra Pávlovna, porque não me conhece. Acha que sou um bronco,[81] um verdadeiro bronco, um pedaço de pau; pois saiba que sou capaz de derreter como açúcar, de passar dias inteiros de joelhos.

— Pois isso, confesso, gostaria de ver!

Liéjnev levantou-se de repente.

— Então case-se comigo, Aleksandra Pávlovna, e há de ver tudo isso.

Aleksandra Pávlovna enrubesceu até às orelhas.

— Que foi que disse, Mikháilo Mikháilitch? — perguntou confusa.

— Disse — respondeu Liéjnev — o que há muito e milhares de vezes me veio à ponta da língua. Enfim deixei escapar, e pode agir como bem entender. E, para não constrangê-la, sairei agora. Se quer ser minha esposa... Vou retirar-me. Se não for contra, basta que me mande chamar: então compreenderei...

Aleksandra Pávlovna quis reter Liéjnev, mas ele saiu com presteza, dirigiu-se para o jardim sem boné, apoiou-se na cancela e pôs-se a olhar para o vazio.

— Mikháilo Mikháilitch! — ressoou atrás dele a voz da criada. — Por favor, a senhora quer vê-lo. Mandou chamá-lo.

Mikháilo Miháilitch voltou-se, tomou a cabeça da criada com ambas as mãos, beijou-a na testa, para sua grande surpresa, e foi para junto de Aleksandra Pávlovna.

---

[81] A palavra *tchurbán*, em russo, significa também cepa, tronco. (N. da T.)

XI

Ao voltar para casa, logo após o encontro com Liéjnev, Rúdin fechou-se no quarto e escreveu duas cartas: uma a Volíntsev (que o leitor já conhece) e outra a Natália. Debruçou-se longo tempo sobre essa segunda carta, rabiscou e reescreveu muita coisa nela e, após copiá-la cuidadosamente em papel fino de carta, dobrou-a o máximo possível e a pôs no bolso. Com a dor estampada no rosto, deu várias voltas pelo quarto, de um lado para outro, sentou na poltrona diante da janela e apoiou a cabeça na mão; lágrimas marejaram-lhe os olhos... Levantou-se, fechou todos os botões, chamou o criado e mandou-o perguntar a Dária Mikháilovna se podia vê-la.

O criado logo retornou e anunciou que Dária Mikháilovna estava à sua espera. Rúdin foi ter com ela.

Ela o recebeu no gabinete, como da primeira vez, dois meses antes. Mas agora não estava só: Pandaliévski estava lá, modesto, viçoso, asseado e meigo, como sempre.

Dária Mikháilovna acolheu Rúdin amavelmente e Rúdin amavelmente inclinou-se, mas no rosto sorridente de ambos qualquer pessoa, ainda que a menos avisada, teria percebido ao primeiro olhar que havia algo errado entre eles, mesmo que não manifesto. Rúdin sabia que Dária Mikháilovna estava ressentida com ele. Dária Mikháilovna suspeitava que ele já soubesse de tudo.

A informação de Pandaliévski a deixara muito indignada. Sua arrogância mundana fora tocada. Rúdin, um homem pobre, sem títulos e até então um desconhecido, atrevera-se a marcar um encontro com sua filha — a filha de Dária Mikháilovna Lassúnskaia!

— Admitamos que seja inteligente, um gênio! — disse ela. — Mas o que isso prova? Depois disso, qualquer um pode acalentar a esperança de ser meu genro?

— Por muito tempo, não pude crer em meus olhos — secundou Pandaliévski. — Admira-me muito que não conheça seu lugar!

Dária Mikháilovna estava muito agitada e Natália é que pagava por isso.

Ela pediu a Rúdin que se sentasse. Ele se sentou, porém já não como o Rúdin de antes, quase dono da casa, nem mesmo como um bom amigo, mas um convidado, e não um convidado benquisto. Tudo isso aconteceu num átimo... Assim como a água subitamente se solidifica e se transforma em gelo.

— Venho procurá-la, Dária Mikháilovna — começou Rúdin —, para agradecê-la por sua hospitalidade. Acabo de receber notícias de minha aldeia e devo partir hoje mesmo, impreterivelmente.

Dária Mikháilovna olhou fixamente para Rúdin.

"Antecipou-me, deve estar adivinhando — pensou ela. — Poupa-me de uma explicação penosa, tanto melhor. Vivam as pessoas inteligentes!"

— Realmente? — proferiu ela em voz alta. — Ah, que desagradável! Mas que fazer! Espero vê-lo em Moscou neste inverno. Também partiremos em breve.

— Não sei, Dária Mikháilovna, se conseguirei chegar a Moscou; mas se reunir meios considerarei um dever ir vê-la.

"Ora, meu caro! — pensou por sua vez Pandaliévski. — Não faz tempo, procedia aqui como um senhor, e agora veja só como tem de se expressar!"

— Pois, então, recebeu más notícias de sua aldeia? — pronunciou ele pausadamente, como de hábito.

— Sim — replicou Rúdin secamente.

— Quebra de safra, talvez?

— Não... outra coisa... Acredite, Dária Mikháilovna — acrescentou Rúdin —, jamais esquecerei o tempo que passei em sua casa.

— E eu, Dmitri Nikoláitch, hei de me lembrar sempre com prazer do nosso encontro... Quando parte?

— Hoje, após o almoço.

— Tão depressa!... Então, desejo-lhe uma boa viagem. No entanto, se seus negócios não o detiverem, talvez ainda nos encontre aqui.

— Quase não tenho tempo — disse Rúdin levantando--se. — Desculpe-me — acrescentou —, não posso pagar-lhe imediatamente minha dívida, mas tão logo chegue à aldeia...

— Basta, Dmitri Nikoláitch! — interrompeu-o Dária Mikháilovna. — Como não se envergonha?! Mas que horas são? — perguntou ela.

Pandaliévski tirou do bolso do colete um reloginho de ouro esmaltado e olhou para ele inclinando cuidadosamente a face rosada sobre o colarinho branco e duro.

— Duas horas e trinta e três minutos — disse.

— Tenho de vestir-me — disse Dária Mikháilovna. — Adeus, Dmitri Nikoláitch!

Rúdin levantou-se. Toda a conversa entre ele e Dária Mikháilovna trazia uma marca especial. Da mesma maneira que os atores ensaiam os papéis, que os diplomatas trocam frases combinadas de antemão nas conferências...

Rúdin saiu. Sabia agora, por experiência própria, que a alta sociedade nem sequer se dá ao trabalho de descartar um homem que se tornou desnecessário, simplesmente o deixa cair: como a luva após o baile, como o papel de bombom, como o bilhete de loteria não premiado.

Fez as malas às pressas e começou a esperar ansiosamente o instante da partida. Todos na casa ficaram muito surpresos ao saber de sua intenção; até os criados o olhavam perplexos. Bassístov não ocultou sua tristeza. Natália evitava Rúdin explicitamente. Procurava não encontrar seu olhar; no entanto ele conseguiu enfiar-lhe a carta na mão. Durante o almoço, Dária Mikháilovna tornou a repetir que esperava vê-lo antes de partir para Moscou, mas Rúdin não lhe respondeu. Pandaliévski foi quem mais puxou conversa com ele. Por mais de uma vez Rúdin teve ganas de atirar-se sobre ele e esbofetear-lhe o rosto corado e viçoso. *Mlle*. Boncourt fitou Rúdin várias vezes com um olhar estranho e malicioso: em perdigueiros velhos e muito inteligentes pode-se às vezes notar tal expressão... "Ah-ah! — parecia dizer consigo mesma — bem feito!"

Afinal bateram seis horas e o *tarantás* de Rúdin chegou à porta. Ele começou a despedir-se apressadamente de todos. Sentia um peso na alma. Não esperava sair assim dessa casa: era como se o enxotassem...! "Como foi acontecer tudo isso, e por que essa pressa? Mas, aliás, não havia outra saída" — era o que pensava ao inclinar-se para todos os lados com um sorriso forçado. Pela última vez olhou para Natália e palpitou-lhe o coração: seus olhos, fixos nele, expressavam uma censura triste de despedida.

Desceu agilmente as escadas e entrou no *tarantás*. Bassístov se ofereceu para acompanhá-lo até a primeira estação e sentou-se ao seu lado.

— Lembra-se — começou Rúdin logo que o *tarantás* saiu do pátio para a estrada larga, ladeada de pinheiros —, lembra-se do que diz Dom Quixote a seu escudeiro quando saem do palácio da duquesa? "A liberdade, meu amigo Sancho — diz ele —, é um dos bens mais preciosos do homem, e feliz é aquele a quem o céu deu um pedaço de pão e pelo qual não precisa se sentir devedor de ninguém!"[82] O que

---

[82] Citação imprecisa do romance *D. Quixote*, de Cervantes (livro II, início do capítulo 58). (N. da T.)

sentia Dom Quixote então, sinto-o agora... Queira Deus, meu bom Bassístov, que também possa experimentar um dia esse sentimento!

Bassístov apertou a mão de Rúdin e o coração do jovem honesto começou a bater-lhe fortemente no peito emocionado. Até chegar à estação, Rúdin falou da dignidade do homem, do sentido da verdadeira liberdade — falou com ardor, nobreza e justiça — e quando chegou o momento da separação, Bassístov não se conteve, atirou-se ao seu pescoço e pôs-se a soluçar. O próprio Rúdin derramou lágrimas; mas chorava não por separar-se de Bassístov: suas lágrimas eram de orgulho ferido.

Natália foi para seu quarto e leu a carta de Rúdin.

"Querida Natália Aleksêievna — escreveu-lhe ele —, decidi partir. Não tenho outra saída. Decidi partir antes que me fosse dito claramente para retirar-me. Minha partida porá fim a todos os mal-entendidos; e é pouco provável que alguém interceda por mim... Por que então esperar?... É sempre assim; mas por que então escrever-lhe?

Separamo-nos, provavelmente, para sempre, e ser-me-ia muito amargo deixar uma lembrança ainda pior do que mereço. Por isso lhe escrevo. Não quero me justificar nem culpar quem quer que seja além de mim mesmo: quero, na medida do possível, explicar-me... Os acontecimentos dos últimos dias foram tão inesperados e tão repentinos...

Nosso encontro de hoje servir-me-á de lição memorável. Sim, tem razão: não a conhecia, mas julguei conhecê-la! Ao longo de minha vida lidei com pessoas de todo tipo, aproximei-me de muitas mulheres e moças; mas, ao conhecê-la, pela primeira vez encontrei uma alma *absolutamente* honesta e franca. Não estava habituado a isso e não soube apreciá-la.

Senti-me atraído pela senhora desde o primeiro dia em que a vi — o que deve ter notado. Passei horas e horas ao seu lado e não a conheci; nem sequer tentei conhecê-la... e pude imaginar que a amava!! Por esse pecado sou agora punido.

Já antes amei uma mulher e ela também me amou... Meu sentimento por ela era complexo, assim como o dela por mim, mas como ela mesma não era simples, tudo veio a propósito. A verdade não se revelou a mim na época: não soube reconhecê-la também agora, quando surgiu-me diante dos olhos... Reconheci-a, afinal, mas tarde demais... Não se pode voltar ao passado... Nossas vidas teriam podido unir-se — e não se unirão jamais. Como posso provar-lhe que poderia amá-la com um amor verdadeiro — com um amor do coração, e não da imaginação — quando nem eu mesmo sei se sou capaz de amar assim?

A natureza me deu muito — isso eu sei e não me porei a fazer-me de rogado diante da senhora por uma falsa modéstia, sobretudo agora, num momento tão amargo, tão vergonhoso para mim... Sim, a natureza me deu muito, mas morrerei sem ter feito nada digno de minhas forças, sem ter deixado qualquer vestígio benéfico atrás de mim. Toda a minha riqueza se perderá em vão: não verei os frutos das sementes que plantei. Falta-me... nem eu mesmo sei dizer o que exatamente me falta... Provavelmente, falta-me algo sem o que não se pode nem mover o coração dos homens nem assenhorar-se do coração de uma mulher, e o domínio apenas sobre a mente é tão precário quanto inútil. Meu destino é estranho, quase cômico: entrego-me todo, com avidez, por inteiro — e não consigo me entregar. Acabarei me sacrificando por uma tolice qualquer, em que nem mesmo acreditarei... Meu Deus! Aos trinta e cinco anos ainda continuo a me preparar para fazer algo!...

Nunca antes me revelara assim a ninguém — esta é a minha confissão.

No entanto, basta de falar de mim. Gostaria de falar da senhora, de dar-lhe alguns conselhos: não sirvo para mais nada... Ainda é jovem; porém, por mais que viva, siga sempre os impulsos do coração, não se submeta nem à sua própria inteligência nem à de outrem. Acredite, quanto mais simples, quanto mais estreito o círculo em que decorre a vida, melhor; não se trata de procurar nela novos aspectos, e sim de realizar todas as transições a seu próprio tempo. 'Afortunado aquele que na juventude foi jovem...'[83] Mas noto que esses conselhos se aplicam muito mais a mim que à senhora.

Confesso-lhe, Natália Aleksêievna, que estou muito infeliz. Nunca me enganei quanto à natureza do sentimento que inspirei em Dária Mikháilovna, mas esperava ter encontrado ao menos um refúgio temporário... Agora me toca de novo vaguear pelo mundo. O que haverá de substituir para mim a sua conversa, a sua presença, o seu olhar atento e inteligente?... O culpado sou eu mesmo; mas há de concordar que o destino, como que de propósito, zombou de nós. Uma semana atrás mal suspeitava que a amo. E anteontem à noite, no jardim, pela primeira vez ouvi de seus lábios... mas para que lembrá-la do que disse então — e eis que hoje já estou partindo, e parto envergonhado, após uma cruel explicação entre nós, sem levar comigo qualquer esperança... E ainda nem sabe a que ponto sou culpado perante a senhora... Sou de uma franqueza e de uma tagarelice estúpida... Mas para que falar disso! Parto para sempre.

(Aqui, Rúdin ia contar a Natália a visita a Volíntsev, mas refletiu e riscou toda a passagem e na carta a Volíntsev acrescentou o segundo *post scriptum*.)

Permanecerei só no mundo, para me entregar, como me disse esta manhã com um sorriso cruel, a outras ocupações

---

[83] Citação do romance em versos *Ievguêni Oniéguin*, de A. S. Púchkin (capítulo 8, estrofe 10). (N. da T.)

mais apropriadas a mim. Ai de mim! Se pudesse realmente me entregar a essas ocupações e vencer afinal minha indolência... Mas não! Permanecerei a mesma criatura inacabada que fui até hoje... Ao primeiro obstáculo — entro em colapso total; o que aconteceu conosco demonstrou-me isso. Se ao menos tivesse sacrificado meu amor ao meu trabalho futuro, à minha vocação; mas simplesmente tive medo da responsabilidade que recaiu sobre mim, e por isso realmente não sou digno da senhora. Não mereço que se separe de seu círculo por minha causa... E, no entanto, tudo isso talvez seja o melhor. Pode ser que eu saia dessa provação mais puro e mais forte.

Desejo-lhe toda a felicidade. Adeus! Lembre-se às vezes de mim. Espero que ainda ouça falar de mim.

Rúdin"

Natália deixou cair no colo a carta de Rúdin e permaneceu sentada imóvel por longo tempo, com os olhos fixos no chão. Essa carta demonstrava-lhe, mais claramente que todos os argumentos possíveis, que estava certa quando, ao se despedir de Rúdin pela manhã, exclamara involuntariamente que ele não a amava! Mas nem por isso se sentia melhor. Não se movia; tinha a impressão de que ondas escuras, sem nenhum ruído, haviam se fechado sobre sua cabeça, e que ela estava afundando, entorpecida e muda. A primeira desilusão é penosa para todo mundo; mas para uma alma sincera, que não deseja enganar a si mesma, alheia à frivolidade e ao exagero, é quase insuportável. Natália lembrou-se da infância, quando, às vezes, ao passear no fim da tarde, procurava caminhar sempre na direção da ponta iluminada do céu, lá onde brilhava o pôr do sol, e não na direção da ponta escura. Escura punha-se agora a vida diante dela, e ela se virava de costas para a luz...

Lágrimas vieram-lhe aos olhos. As lágrimas nem sempre

fazem bem. Trazem consolo e alívio quando, após longo tempo acumuladas no peito, começam afinal a rolar — a princípio com esforço, depois cada vez com mais facilidade e doçura; põem fim à agonia muda da tristeza... Mas há lágrimas frias, lágrimas vertidas com moderação: arrancam gota a gota a dor que se apodera do coração, como um fardo pesado e imóvel; não confortam, nem trazem alívio. A miséria chora com tais lágrimas, e aquele que nunca as verteu ainda não foi infeliz. Natália as conheceu nesse dia.

Passaram-se cerca de duas horas. Natália cobrou ânimo, levantou-se, enxugou os olhos, acendeu uma vela, queimou em sua chama toda a carta de Rúdin e atirou as cinzas pela janela. Em seguida abriu ao acaso um livro de Púchkin e leu as primeiras linhas com que se deparou (sempre tirava a sorte dessa maneira). Eis o que lhe saiu:

> *Quem sentiu, o atormenta*
> *O fantasma do dia sem volta...*
> *A ele já nada encanta,*
> *Corrói-lhe a compunção,*
> *A serpente da recordação...*[84]

Ela se deteve por um instante, olhou-se no espelho com um sorriso frio e, após mover a cabeça ligeiramente para cima e para baixo, desceu para a sala de visitas.

Logo que a viu, Dária Mikháilovna levou-a ao gabinete, fê-la sentar-se ao seu lado e carinhosamente lhe deu uma palmadinha na face, enquanto a fitava nos olhos com atenção e quase com curiosidade. Dária Mikháilovna sentiu uma perplexidade secreta: pela primeira vez lhe vinha à mente que, na realidade, não conhecia sua filha. Ao saber por Panda-

---

[84] Citação de *Ievguêni Oniéguin*, de Púchkin (capítulo 1, estrofe 46). (N. da T.)

liévski de seu encontro com Rúdin, não ficara tão zangada quanto surpresa e se perguntava como a sensata Natália pudera se decidir a dar um passo desses. Mas quando a chamou e se pôs a repreendê-la — de modo algum como seria de esperar de uma mulher europeia, mas aos berros e com deselegância —, as respostas firmes de Natália e a determinação de seu olhar e de seus movimentos perturbaram e chegaram a assustar Dária Mikháilovna.

A partida repentina e também um tanto inexplicável de Rúdin tirou-lhe um grande peso do coração; esperava, porém, lágrimas, ataques histéricos... A tranquilidade aparente de Natália tornava a deixá-la perplexa.

— E então, filha — começou Dária Mikháilovna —, como se sente hoje?

Natália olhou para a mãe.

— Pois ele se foi... seu namorado. Sabe por que decidiu ir tão depressa?

— Mamãe! — pôs-se a falar Natália em voz baixa. — Dou-lhe minha palavra: se a senhora mesma não ficar me lembrando, jamais me ouvirá falar dele.

— Então, reconhece que se comportou mal comigo?

Natália baixou a cabeça e repetiu:

— Jamais me ouvirá falar dele.

— Então, veja bem! — replicou Dária Mikháilovna com um sorriso. — Acredito em você. Mas anteontem, lembra-se de como... Está bem, não falarei mais. Está tudo acabado, resolvido e enterrado. Não é verdade? Agora, sim, a estou reconhecendo; do contrário teria ficado completamente perplexa. Então, dê-me um beijo, minha boa menina!...

Natália levou a mão de Dária Mikháilovna aos lábios e a mãe beijou-lhe a cabeça inclinada.

— Siga sempre meus conselhos, não se esqueça de que é uma Lassúnskaia e minha filha — acrescentou —, e será feliz. E agora vá.

Natália saiu em silêncio. Dária Mikháilovna a seguiu com o olhar e pensou: "Parece-se comigo — também se deixará levar pelos sentimentos: *mais elle aura moins d'abandon*".[85] E Dária Mikháilovna mergulhou nas recordações do passado... de um passado distante...

Depois mandou chamar *Mlle.* Boncourt e esteve longo tempo com ela, a portas fechadas. Ao dispensá-la, chamou Pandaliévski. Queria saber a todo custo o verdadeiro motivo da partida de Rúdin... mas Pandaliévski a tranquilizou completamente. Essa era sua especialidade.

No dia seguinte, Volíntsev e a irmã vieram para o jantar. Dária Mikháilovna sempre fora muito gentil com ele, mas desta vez o tratou com um carinho especial. Natália se sentia insuportavelmente infeliz; mas Volíntsev foi tão respeitoso, dirigia-se a ela tão timidamente, que, no íntimo, ela não pôde deixar de lhe ser grata.

O dia transcorreu tranquilo e um pouco enfadonho, mas todos, ao se separarem, sentiam haver retornado à antiga rotina, o que era muito significativo, muito mesmo.

Sim, todos haviam retornado à antiga rotina... todos, menos Natália. Ao ver-se só afinal, arrastou-se com dificuldade até sua cama e, exausta e despedaçada, caiu com o rosto sobre o travesseiro. A vida parecia-lhe tão amarga, repugnante e torpe, sentia tanta vergonha de si mesma, de seu amor, de sua tristeza, que nesse instante é provável que a morte lhe fosse bem-vinda... Ainda teria pela frente muitos dias penosos, muitas noites de insônia, de inquietações torturantes, mas era jovem — sua vida estava apenas começando, e a vida, cedo ou tarde, chega ao seu objetivo. Seja qual

---

[85] "Mas ela será menos imprudente." (N. da T.)

for o golpe que atinja o homem, no mesmo dia, no máximo no dia seguinte — perdoe-me a grosseria da expressão —, ele haverá de comer, e esse já é o primeiro consolo...

Natália sofria terrivelmente, sofria pela primeira vez... Mas os primeiros sofrimentos, como o primeiro amor, não se repetem — e graças a Deus!

XII

Passaram-se cerca de dois anos. Vieram os primeiros dias de maio. Aleksandra Pávlovna, que não era mais Lipina, e sim Liéjneva, estava na varanda de sua casa; havia mais de um ano que se casara com Mikháilo Mikháilitch. Continuava encantadora como antes, apenas engordara um pouco nos últimos tempos. Diante da varanda, cujos degraus conduziam ao jardim, a ama de leite levava nos braços uma criança de faces rosadas, vestindo um casaquinho branco e pompom branco no chapéu. Volta e meia Aleksandra Pávlovna olhava para ela. A criança chupava o dedo com um ar grave, sem chorar, e olhava tranquilamente em torno. Revelava-se já um filho digno de Mikháilo Mikháilitch.

Na varanda, ao lado de Aleksandra Pávlovna, encontrava-se um velho conhecido nosso, Pigássov. Estava visivelmente mais grisalho e curvado do que quando nos separaramos dele, emagrecera e ciciava ao falar: havia-lhe caído um dente da frente; o cicio dava ainda mais virulência aos seus discursos... Sua mordacidade não diminuíra ao longo dos anos, mas sua acuidade embotara-se e ele se repetia com mais frequência que antes. Mikháilo Mikháilitch não estava em casa; eles o esperavam para o chá. O sol já havia se posto. No lugar em que sumira, estendia-se ao longo do horizonte uma faixa cor de limão ouro-pálido; no lado oposto eram duas: uma em baixo, azul, e outra no alto, vermelho-púrpura. Nuvens ligeiras dissipavam-se nas alturas. Tudo indicava tempo firme.

De repente Pigássov pôs-se a rir.

— O que foi, Afrikan Semiónitch? — perguntou Aleksandra Pávlovna.

— Ah, sim... Ontem ouvi um mujique dizer à mulher, que, por assim dizer, tagarelava sem parar: "Feche a matraca!...". Isso me agradou muito. Feche a matraca! E, de fato, sobre o que poderia raciocinar uma mulher? Eu, como sabem, nunca falo de quem está presente. Nossos antepassados eram mais inteligentes que nós. Nas suas histórias há sempre uma bela jovem sentada à janela, com uma estrela na testa,[86] mas ela mesma não dá um pio. Tal como deveria ser. Do contrário, tirem suas próprias conclusões: anteontem a esposa do marechal da nobreza teria me dado um tiro de pistola na testa; diz que não gosta de minhas *tendências*! Tendências! Então, não seria melhor, não só para ela como para todos, se, por uma disposição benéfica da natureza, fosse de repente privada do uso da língua?

— Sempre o mesmo, Afrikan Semiónitch: sempre nos atacando, as pobres mulheres... Saiba que isso, de algum modo, é uma desgraça, realmente. Lamento pelo senhor.

— Desgraça? Que quer dizer com isso? Em primeiro lugar, na minha opinião, não existem senão três desgraças neste mundo; passar o inverno num apartamento frio, andar de botas apertadas no verão e pernoitar num quarto com uma criança chorando, sem poder polvilhá-la com pó da Pérsia;[87] e, em segundo lugar, pelo amor de Deus, tornei-me agora o mais pacífico dos homens. Posso ser tomado como modelo! É assim que me comporto moralmente.

— Comporta-se bem, não há o que dizer! Ontem mesmo Ieliena Antónovna queixou-se do senhor.

---

[86] Referência imprecisa a "O conto do tsar Saltan" (1831), de A. S. Púchkin. (N. da T.)

[87] Pó da Pérsia ou piretro: planta usada como inseticida. (N. da T.)

— Ah, é?! E o que lhe disse, posso saber?

— Disse-me que, durante a manhã inteira, a todas as suas perguntas, o senhor só fez responder "o que, o quê?" e ainda por cima com voz estridente.

Pigassóv riu.

— Mas essa foi uma boa ideia, há de concordar, Aleksandra Pávlovna... hein?

— Maravilhosa! Como é possível ser tão indelicado com uma mulher, Afrikan Semiónitch?

— Como? Considera Ieliena Antónovna uma mulher?

— A seu ver, o que então ela é?

— Um tambor, ora, um tambor comum, em que se bate com baquetas...

— Ah, sim! — interrompeu Aleksandra Pávlovna, desejando mudar de conversa. — Estão dizendo que podemos felicitá-lo?

— Por quê?

— Pelo fim do litígio. Os prados de Glinov agora são seus...

— Sim, são meus — replicou Pigássov com um ar sombrio.

— Foram tantos anos para conseguir isso, e agora parece descontente.

— Eu lhe asseguro, Aleksandra Pávlovna — proferiu lentamente Pigássov —, que nada pode ser pior e mais ofensivo que uma felicidade que chega demasiado tarde. Prazer, de todo modo, não pode proporcionar, e em compensação nos priva de um direito, do direito mais precioso — o de xingar e amaldiçoar o destino. Sim, senhora, a felicidade tardia é uma coisa amarga e ofensiva.

Aleksandra Pávlovna limitou-se a encolher os ombros.

— Ama — começou ela —, acho que é hora de pôr o Micha para dormir. Traga-o para mim.

E Aleksandra Pávlovna pôs-se a cuidar do filho, enquan-

Rúdin

to Pigássov afastava-se, resmungando, para o outro canto da varanda.

De repente, não muito longe dali, pela estrada que passa ao longo do jardim, apareceu Mikháilo Mikháilitch em sua *drójki* de corrida. Dois cães enormes corriam diante do cavalo: um amarelo e outro cinza; adquirira-os recentemente. Não paravam de brigar, mas eram companheiros inseparáveis. Um vira-lata velho atravessou o portão para encontrá-los, abriu a boca, como se fosse latir, mas acabou por bocejar e voltar, abanando amigavelmente a cauda.

— Olhe aqui, Sacha — gritou de longe Liéjnev à esposa —, quem trago comigo...

Aleksandra Pávlovna não reconheceu de imediato a pessoa sentada atrás de seu marido.

— Ah! o senhor Bassístov! — exclamou afinal.

— Ele mesmo — respondeu Liéjnev —, e trouxe excelentes notícias. Espere um pouco, já vai saber.

E entraram no pátio.

Passados alguns instantes, ele surgiu na varanda com Bassístov.

— Urra! — exclamou, abraçando a esposa. — Seriója[88] vai se casar!

— Com quem? — perguntou Aleksandra Pávlovna, ansiosa.

— Com Natália, é óbvio... Nosso amigo trouxe a notícia de Moscou, e há uma carta para você... Ouviu isso, Michuk?[89] — acrescentou, segurando o filho nos braços — seu tio vai se casar!... Que indiferença ignóbil! Não faz mais que piscar os olhos!

---

[88] Diminutivo de Serguêi. (N. da T.)

[89] Outro diminutivo de Mikháilo. (N. da T.)

— Está com sono — observou a ama.

— Sim, minha senhora — proferiu Bassístov, aproximando-se de Aleksandra Pávlovna —, cheguei hoje de Moscou; Dária Mikháilovna encarregou-me de inspecionar as contas da propriedade. E aqui está a carta.

Aleksandra Pávlovna tirou apressadamente o lacre da carta do irmão. Consistia de apenas algumas linhas. Ao primeiro ímpeto de alegria, informava a irmã que fizera a proposta a Natália, recebera seu consentimento e o de Dária Mikháilovna, prometia escrever mais no próximo correio e mandava abraços e beijos a todos. Via-se que escrevera como que em estado de embriaguez.

O chá foi servido e Bassístov se sentou. Indagações choviam sobre ele como granizo. A notícia que trazia deixara todo mundo alegre, até mesmo Pigássov.

— Diga, por favor — disse Liéjnev, entre outras coisas —, chegaram-nos rumores sobre um certo senhor Kortcháguin. Então foi uma bobagem?

(Kortcháguin era um jovem bonito — um leão mundano, extremamente cheio de si e de sua importância: portava-se de modo extraordinariamente majestoso, como se fosse não uma pessoa viva, mas sua própria estátua, erigida por subscrição pública.)

— Bem, não, não foi exatamente uma bobagem — replicou Bassístov com um sorriso. — Dária Mikháilovna mostrou-se muito favorável a seu respeito, mas Natália não queria nem ouvir falar dele.

— Pois eu o conheço — replicou Pigássov —, não passa de um boneco empedernido, um boneco estrepitoso... perdoem-me! Mas se todo mundo fosse parecido com ele, só concordaria em viver por um bom dinheiro... perdoem-me!

— Talvez — replicou Bassístov —, mas desempenha um papel de liderança na sociedade.

— Ora, não importa! — exclamou Aleksandra Pávlovna. — Que Deus o abençoe! Ah, como estou feliz por meu irmão!... E Natália, está contente e feliz?

— Sim, senhora. Está tranquila, como sempre — a senhora mesma a conhece —, mas parece satisfeita.

Passaram uma tarde agradável e animada conversando. Sentaram-se à mesa para a ceia.

— Mas, a propósito — perguntou Liéjnev a Bassístov, servindo-lhe o *Lafite* — sabe onde está Rúdin?

— No momento não sei ao certo. No inverno passado esteve em Moscou por pouco tempo, em seguida partiu para Simbirsk com uma família; mantivemos correspondência durante algum tempo: em sua última carta, informou-me que deixava Simbirsk — não disse para onde ia —, e desde então nada mais soube a seu respeito.

— Não se perderá! — replicou Pigássov. — Está em algum lugar fazendo pregações. Esse cavalheiro sempre haverá de encontrar dois ou três admiradores que se porão a escutá-lo boquiabertos e a emprestar-lhe dinheiro. Vão ver que acabará por morrer em algum lugar em Tsarevokokcháisk[90] ou em Tchukhlóm[91] — nos braços de uma velha solteirona de peruca que acreditará ser ele o homem mais genial do mundo...

— Tem uma opinião muito rígida a seu respeito — observou Bassístov a meia-voz e com desagrado.

— Nem um pouco rígida — objetou Pigássov —, mas perfeitamente justa. A meu ver, não passa de um simples bajulador. Esqueci-me de lhe dizer — continuou ele, dirigindo-se a Liéjnev —, pois conheci o tal Terlákhov, com quem Rúdin foi para o exterior. Pois sim! Ora essa! Não podem imaginar o que me contou a seu respeito — é simplesmente

[90] Vilarejo da província de Kazan, que contava com cerca de 1.650 habitantes em 1897. (N. da T.)

[91] Vilarejo da província de Kostromá, que contava com 2.200 habitantes em fins do século XIX. (N. da T.)

de morrer de rir! É surpreendente como todos os amigos e seguidores de Rúdin com o tempo se tornam seus inimigos.

— Peço que me exclua do número de tais amigos! — interrompeu Bassístov com ímpeto.

— Bem, o senhor é outro caso! Não se trata do senhor.

— E o que lhe contou Terlákhov? — perguntou Aleksandra Pávlovna.

— Contou muita coisa: de tudo não me lembro. Mas o melhor foi uma anedota do que aconteceu com Rúdin. Em constante desenvolvimento (esses cavalheiros estão sempre em desenvolvimento: os outros, por exemplo, simplesmente comem ou dormem — enquanto eles se encontram no momento de desenvolvimento do sono ou da alimentação, não é isso, senhor Bassístov? — Bassístov não respondeu)... E, assim, em constante desenvolvimento, Rúdin, pelas vias da filosofia, chegou à conclusão de que deveria se apaixonar. Começou a procurar uma namorada digna de tão surpreendente conclusão. A fortuna sorriu-lhe. Conheceu uma modista francesa muito bonita. O caso ocorreu numa cidade alemã do Reno, notem bem. Começou a visitá-la, a levar-lhe vários livros, a falar-lhe da natureza e de Hegel. Podem imaginar a situação da modista? Pensou tratar-se de um astrônomo. Entretanto, como sabem, ele não é um rapaz mal-apessoado; bem — era um estrangeiro, um russo —, agradou-lhe. E eis que afinal ele marcou um encontro, e um encontro bem poético: em uma gôndola, no rio. A francesa concordou: vestiu sua melhor roupa e partiu com ele na gôndola. E assim passaram duas horas. A que acham que ele se dedicou esse tempo todo? A acariciar os cabelos da francesa, a olhar absorto para o céu e a repetir várias vezes que sentia por ela uma ternura paternal. A francesa voltou para casa furiosa, e depois ela mesma contou tudo a Terlákhov. Vejam que tipo de cavalheiro é!

E Pigássov pôs-se a rir.

— Seu velho cínico! — observou com raiva Aleksandra Pávlovna. — E estou cada vez mais convencida de que até mesmo aqueles que atacam Rúdin nada podem dizer de mal a seu respeito.

— Nada de mal? Deus do céu! E seu eterno modo de viver à custa alheia, os empréstimos... Mikháilo Mikháilitch? Pois não lhe pediu também dinheiro emprestado?

— Ouça, Afrikan Semiónitch — começou a dizer Liéjnev, e seu rosto assumiu uma expressão séria —, ouça, o senhor sabe, e minha esposa também, que nos últimos tempos não senti nenhuma simpatia especial por Rúdin e com frequência cheguei a condená-lo. Contudo (Liéjnev encheu as taças de champanhe), eis o que proponho: acabamos de beber à saúde de nosso querido irmão e de sua noiva; agora proponho-lhes um brinde à saúde de Dmitri Rúdin!

Aleksandra Pávlovna e Pigássov olharam estupefatos para Liéjnev, enquanto Bassístov estremeceu todo, enrubesceu de alegria e arregalou os olhos.

— Eu o conheço bem — continuou Liéjnev —, conheço bem os seus defeitos. Mesmo porque trazem à tona que ele próprio não é uma pessoa mesquinha.

— Rúdin é uma natureza genial! — secundou Bassístov.

— Genialidade é possível que possua — objetou Liéjnev —, quanto à natureza... É nisso, justamente, que está toda a sua desgraça, no fato de, no fundo, não ter uma natureza... Mas isso não vem ao caso. Quero falar do que ele tem de bom e raro. Tem entusiasmo; e essa, acreditem em mim, que sou uma pessoa fleumática, é a qualidade mais preciosa da nossa época. Tornamos-nos todos insuportavelmente razoáveis, indiferentes e indolentes; adormecemos e enregelamos, e devemos agradecer a quem, ainda que por um instante, nos sacode e aquece! Já é tempo! Lembra-se, Sacha, uma vez lhe falei dele; eu o repreendia por sua frieza. Estava ao mesmo tempo certo e errado então. Essa frieza está em seu sangue

— ele não tem culpa —, e não na cabeça. Não é um ator, como eu o chamava, nem cheio de si, nem farsante, e não vive à custa alheia como um espertalhão, mas como uma criança... Sim, é verdade que morrerá em algum lugar na miséria e na pobreza; mas vamos por isso atirar-lhe pedras? Ele mesmo não haverá de fazer nada justamente porque em sua natureza não há sangue; mas quem tem o direito de dizer que não será útil e que já não o foi? Que suas palavras não germinaram muitas sementes boas nas almas jovens, às quais a natureza não negou, como a ele, o poder da ação, a faculdade de executar as próprias ideias? Eu mesmo fui o primeiro a experimentar tudo isso... Sacha sabe o que Rúdin foi para mim na juventude. Lembro-me também de ter afirmado que as palavras de Rúdin não podiam agir sobre as pessoas; mas falava naquele momento de pessoas como eu, da minha idade atual, de pessoas já vividas e estragadas pela vida. Basta uma nota falsa no discurso para que toda a sua harmonia desapareça para nós; mas a audição de um jovem, felizmente, não é tão apurada, não é tão estragada com mimos. Se a essência do que ouve lhe parece bela, que lhe importa o tom! O tom, ele próprio encontrará em si.

— Bravo! Bravo! — exclamou Bassístov. — Como falou bem! E, quanto à influência de Rúdin, juro-lhes que esse homem sabe não apenas como nos sacudir: ele nos tira do lugar, não nos deixa ficar parados, vira-nos pelo avesso, nos incendeia!

— Está ouvindo? — continuou Liéjnev, dirigindo-se a Pigássov. — De que outra prova precisa? O senhor ataca a filosofia; ao falar dela, não encontra palavras suficientemente desdenhosas. Eu mesmo não lhe tenho grande apreço e mal consigo entendê-la: mas não é da filosofia que advêm nossos principais infortúnios! Os delírios e os meandros filosóficos nunca se enraizarão no russo: para isso ele tem muito bom senso; mas não podemos permitir que toda aspiração honesta para a verdade e a consciência seja atacada em nome da filosofia. A desgraça de Rúdin é que ele não conhece a Rússia, e essa é realmente uma grande desgraça. A Rússia pode prescindir de cada um de nós, mas nenhum de nós pode prescindir dela. Infeliz daquele que pensa que pode; duas vezes infeliz aquele que realmente prescinde dela! O cosmopolitismo é uma tolice, o cosmopolita é uma nulidade, pior que uma nulidade; fora da nacionalidade não há nem arte, nem verdade, nem vida, nada. Sem a fisionomia não há sequer um rosto ideal, só um rosto vulgar pode ser destituído de fisionomia. Mas, torno a dizer, Rúdin não tem culpa: esse é o seu destino, um destino amargo e penoso, pelo qual não seremos nós aqui a culpá-lo. A conversa iria muito longe, se quiséssemos compreender por que os Rúdins surgiram entre nós. E então sejamos-lhe gratos pelo que tem de bom. É mais fácil do que ser injustos, e fomos injustos com ele. Não nos cabe, nem é necessário, castigá-lo: ele mesmo castigou-se com muito mais crueldade do que merecia... E queira Deus que o sofrimento tenha extirpado todo o mal que havia nele e deixado apenas o que tem de belo! Bebo à saúde de Rúdin! Bebo à saúde do companheiro de meus melhores anos, bebo à juventude, às suas esperanças, às suas aspirações, à sua confiança e honestidade, a tudo o que nos fazia palpitar o coração aos vinte anos, pois não conhecemos nem conheceremos nada melhor na vida... Bebo a você, idade de ouro, bebo à saúde de Rúdin!

Todos brindaram com Liéjnev. Bassístov, na afobação, quase quebrou seu copo e o esvaziou de um trago, enquanto Aleksandra Pávlovna apertava a mão de Liéjnev.

— Ora, Mikháilo Mikháilitch, nem suspeitava que fosse tão eloquente — disse Pigássov —, páreo até para o próprio senhor Rúdin; impressionou até a mim.

— Não sou eloquente em absoluto — replicou Liéjnev, com certo enfado —, quanto ao senhor, acho quase impossível impressioná-lo. Aliás, chega de falar de Rúdin; falemos de outra coisa... Qual é... como é mesmo o nome?... Panda-liévski, ele continua morando em casa de Dária Mikháilovna? — acrescentou, dirigindo-se a Bassístov.

— Que dúvida, sempre ao lado dela! Ela lhe arranjou uma colocação muito rentável.

Liéjnev sorriu.

— Esse não morrerá na miséria, podem estar certos.

O jantar terminou. Os convidados se dispersaram. Ao ficar a sós com o marido, Aleksandra Pávlovna, sorridente, envolveu-lhe o rosto com o olhar.

— Como esteve esplêndido hoje, Micha! — proferiu ela, acariciando-lhe a fronte. — Falou com tanta inteligência e nobreza! Mas confesse que se deixou arrebatar um pouco a favor de Rúdin, tanto quanto se deixava arrebatar antes ao atacá-lo...

— Não se bate em quem está por baixo... e naquela época eu temia que ele lhe virasse a cabeça.

— Não — replicou Aleksandra Pávlovna com simplici-dade —, ele sempre me pareceu demasiado inteligente, e eu o temia por não saber o que dizer em sua presença. Mas hoje Pigássov escarneceu dele com muita maldade, não acha?

— Pigássov? — disse Liéjnev. — Se defendi Rúdin com tanto ardor foi justamente porque Pigássov estava aqui. Atre-ve-se a chamar Rúdin de bajulador! E, a meu ver, seu papel, o de Pigássov, é cem vezes pior. Tem uma situação indepen-dente, achincalha todo mundo, mas veja como se apega às pessoas ilustres e ricas! Sabia que esse Pigássov, que debocha com tanta virulência de tudo e de todos, ataca a filosofia e as mulheres — sabia que quando era funcionário público acei-tava suborno? E como! Ah! Isso é o que ele é!

— Será possível!? — exclamou Aleksandra Pávlovna. — Jamais poderia imaginar!... Ouça, Micha — acrescentou, depois de uma pausa — quero lhe fazer uma pergunta...

— O quê?

— Acha que meu irmão será feliz com Natália?

— O que posso dizer... há muita probabilidade... Será ela a comandar — não temos por que negar isso entre nós —, ela é mais inteligente, mas ele é um homem bom e a ama de todo coração. Que mais é preciso? Nós mesmos amamos um ao outro e somos felizes, não é verdade?

Aleksandra Pávlovna sorriu e apertou a mão de Mikháilo Mikháilitch.

No mesmo dia em que tudo o que relatamos ocorria em casa de Aleksandra Pávlovna, numa das províncias remotas da Rússia arrastava-se por uma estrada real, sob intenso calor, uma *kibitka*[92] miserável, coberta com uma esteira, puxada por três cavalos pangarés. Empoleirado na boleia, com as pernas apoiadas de través no timão, um mujique miúdo, grisalho, com um *armiak*[93] esburacado, volta e meia sacudia as rédeas de corda e agitava um pequeno chicote; e dentro da *kibitka*, sentado numa pequena mala, achava-se um homem de estatura elevada, de boné, e trajando uma capa velha e empoeirada. Era Rúdin. Estava de cabeça baixa, com a viseira do boné cobrindo-lhe os olhos. Os solavancos irregulares da *kibitka* atiravam-no de um lado para outro, mas ele parecia completamente insensível, como se cochilasse. Afinal se pôs ereto.

— Quando é que chegaremos à estação? — perguntou ao mujique sentado na boleia.

— Eh, paizinho — disse o mujique, que se pôs a sacudir as rédeas ainda com mais vigor —, depois que subirmos o

---

[92] Carruagem coberta. (N. da T.)

[93] Casaco usado antigamente pelos camponeses russos. (N. da T.)

morro restarão umas duas verstas, não mais... E você, hein! Está no mundo da lua... Vou lhe ensinar — acrescentou com uma vozinha fina, pondo-se a açoitar o cavalo da direita.

— Parece que não sabe dirigir — observou Rúdin —, estamos nos arrastando desde de manhã cedo e nada de conseguirmos chegar. Se ao menos cantasse algo.

— Que se há de fazer, paizinho?! Pode ver por si mesmo... os cavalos estão exaustos... e ainda por cima o calor. E, quanto a cantar, não sabemos: não somos postilhões... Cordeiro, ah, cordeiro! — exclamou de repente o mujique, dirigindo-se a um caminhante de sobretudo marrom e sandálias gastas de casca. — Sai da frente, cordeiro.

— Não enxerga... cocheiro! — resmungou o caminhante por trás dele, e deteve-se. — Moscovita miserável! — acrescentou ele, em tom cheio de censura, balançou a cabeça e seguiu mancando.

— Aonde vai? — proferiu o mujique pausadamente, puxando o cavalo do varal. — Ah, mas que espertalhão! É muito esperto mesmo...

Os pobres cavalos, exaustos, conseguiram enfim arrastar-se até o pátio da estação de posta. Rúdin apeou da *kibitka*, pagou o mujique (que não se inclinou para ele e ficou com o dinheiro por longo tempo na palma da mão — pelo jeito, mal dava para a vodca) e ele mesmo levou a mala para a sala da estação.

Um amigo meu, que à sua época muito viajou pela Rússia, observou que, se nas paredes da sala da estação de posta há quadros pendurados com cenas de *O prisioneiro do Cáucaso*[94] ou de generais russos, pode-se conseguir logo os cavalos; mas se os quadros retratam a vida do famoso jogador Georges de Germany, o viajante pode perder a esperança de

[94] *O prisioneiro do Cáucaso*, poema narrativo de A. S. Púchkin. (N. da T.)

uma partida rápida: terá tempo de sobra para admirar o topete frisado, o colete branco aberto e a calça extremamente estreita e curta do jogador na juventude, e seu semblante exasperado quando, já velho, ao erguer uma cadeira bem alto numa cabana de telhado íngreme, tenta matar o próprio filho.[95] Na sala onde Rúdin entrou estavam pendurados justamente os quadros de *Trinta anos ou A vida de um jogador*. A seu chamado apareceu o chefe da estação, sonolento (aliás, quem já viu um chefe de estação que não estivesse sonolento?), e, sem mesmo esperar a pergunta de Rúdin, anunciou com voz mole que não havia cavalos.

— Como pode dizer que não há cavalos — proferiu Rúdin — se nem mesmo sabe para onde vou? Cheguei até aqui com os cavalos de um mujique.

— Não temos cavalos para lugar nenhum — respondeu o chefe da posta. — Para onde vai o senhor?

— Para ...sk.

— Não há cavalos — repetiu o chefe da estação e saiu.

Aborrecido, Rúdin se aproximou da janela e atirou o boné na mesa. Não mudara muito, mas ficara mais pálido nos últimos dois anos; fios prateados brilhavam aqui e ali em seus cachos e os olhos ainda continuavam magníficos, mas pareciam como que esmaecidos; em torno dos lábios, nas faces e na fronte haviam se formado pequenas rugas, indício de emoções amargas e inquietantes.

A vestimenta era surrada e velha, e de roupa branca não se via nem sinal. Sua época de florescimento, pelo visto, havia passado: e ele, como dizem os jardineiros, ficara para semente.

---

[95] Referência ao melodrama do escritor francês Victor Ducange (1783-1833), *Trente ans, ou La Vie d'un joueur*, popular na Rússia nos anos de 1830. No texto original da peça, a cena descrita é um pouco diferente. (N. da T.)

Pôs-se a ler as inscrições nas paredes... uma distração comum aos viajantes entediados... De repente a porta rangeu e entrou o chefe da estação.

— Cavalos para ...sk não há, nem haverá tão cedo — disse ele —, mas há os que retornam para ...ov.

— Para ...ov? — proferiu Rúdin. — Ora! Fica completamente fora do meu caminho. Vou para Penza, e ...ov, parece-me, está na direção de Tambov.

— O que é que tem? O senhor pode, então, ir de Tambov para lá, ou então de ...ov dá um jeito de se arranjar.

Rúdin pensou um pouco.

— Pois bem — disse afinal —, mande atrelar os cavalos. Para mim dá na mesma, irei para Tambov.

Os cavalos foram logo entregues. Rúdin trouxe sua mala, subiu na telega e sentou-se de cabeça baixa, como antes. Havia uma espécie de impotência e de melancolia resignada em sua postura curvada... E a troica arrastou-se a trote lento, com os guizos tilintando de modo entrecortado.

EPÍLOGO

Passaram-se mais alguns anos.

Era um dia frio de outono. Uma caleça de viagem aproximou-se da entrada do principal hotel da cidade da província S...; dela apeou um cavalheiro bocejando e se espreguiçando levemente; ainda não era velho, mas já tivera tempo de adquirir aquela compleição no tronco que se costuma chamar de respeitável. Ao subir as escadas para o segundo andar, deteve-se à entrada de um amplo corredor e, sem avistar ninguém diante de si, pediu em voz alta um quarto. Ouviu-se o ranger de uma porta, um lacaio comprido saltou de trás de um biombo baixo e avançou com um movimento ágil de flancos, fazendo brilhar na penumbra do corredor as costas lustrosas e as mangas arregaçadas. Ao entrar no quarto, o viajante imediatamente tirou o capote e o cachecol, sentou-se no divã e, apoiando os punhos nos joelhos, primeiro lançou um olhar em redor, como que meio dormindo, depois mandou chamar seu criado. O lacaio fez um movimento evasivo e desapareceu. O viajante não era outro senão Liéjnev. O recrutamento o chamara da aldeia para S...

O criado de Liéjnev, um jovem de cabelos encaracolados e faces rosadas, trajando um capote cinza cingido por uma faixa azul e botas macias de feltro, entrou no quarto.

— Pois é, meu amigo, chegamos — disse Liéjnev —, e você o tempo todo temendo que o aro da roda se soltasse.

— Chegamos! — replicou o criado, tentando sorrir por trás da gola levantada do capote. — Mas o aro não se soltou porque...

Rúdin

— Há alguém aqui? — ressoou uma voz no corredor.

Liéjnev estremeceu e apurou o ouvido.

— Ei! Quem está aí? — repetiu a voz.

Liéjnev se levantou, aproximou-se da porta e a abriu rapidamente.

Diante dele estava um homem de estatura elevada, quase completamente grisalho e curvado, vestindo uma sobrecasaca velha com botões de bronze. Liéjnev o reconheceu imediatamente.

— Rúdin! — exclamou com entusiasmo.

Rúdin voltou-se. Não pôde distinguir os traços de Liéjnev, que estava de costas para a luz e olhava para ele perplexo.

— Não me reconhece? — perguntou Liéjnev.

— Mikháilo Mikháilitch! — exclamou Rúdin e estendeu a mão, mas ficou confuso e ia retirá-la...

Liéjnev apressou-se a agarrá-la com ambas as suas.

— Entre, entre! — disse a Rúdin e introduziu-o no quarto.

— Como está mudado! — proferiu Liéjnev, depois de uma pausa e baixando a voz sem querer.

— Sim, é o que dizem! — replicou Rúdin, lançando um olhar vago pelo quarto. — Os anos... mas o senhor não mudou nada. Como está Aleksandra... sua esposa?

— Está bem, obrigado. Mas que bons ventos o trazem aqui?

— Eu? É uma longa história. Propriamente falando, vim parar aqui por acaso. Estava procurando um amigo. Aliás, estou muito feliz...

— Onde vai jantar?

— Eu? Não sei. Numa taverna qualquer. Devo partir ainda hoje.

— Deve?

Rúdin esboçou um sorriso significativo.

— Sim, devo. Estão me enviando para residir em minha aldeia.

— Jante comigo.

Rúdin pela primeira vez fitou Liéjnev diretamente nos olhos.

— Convida-me para jantar? — indagou.

— Sim, Rúdin, pelos velhos tempos, pela camaradagem. Quer? Não esperava encontrá-lo e sabe Deus quando voltaremos a nos ver. Não podemos nos separar assim!

— Pois bem, estou de acordo.

Liéjnev apertou a mão de Rúdin, chamou o criado, pediu o jantar e mandou colocar uma garrafa de champanhe no gelo.

Durante o jantar, Liéjnev e Rúdin, como se tivessem combinado, não pararam de falar dos tempos de estudante, recordaram-se de muita coisa e de muitas pessoas — vivas e mortas. De início, Rúdin falava com relutância, mas tomou algumas taças de vinho e o sangue esquentou-lhe. Afinal o lacaio tirou o último prato. Liéjnev levantou-se, trancou a porta e, voltando para a mesa, sentou-se bem em frente de Rúdin e apoiou lentamente o queixo em ambas as mãos.

— Bem, agora — começou ele —, conte-me tudo o que lhe aconteceu desde que nos perdemos de vista.

Rúdin olhou para Liéjnev.

"Meu Deus — tornou a pensar Liéjnev —, como está mudado, o infeliz!"

Os traços de Rúdin pouco haviam se alterado, sobretudo desde que o vimos na estação, embora a aproximação da velhice já tivesse conseguido imprimir nele suas marcas; mas sua expressão se tornara diferente. Os olhos fitavam de outro modo; em todo o seu ser, nos movimentos, ora lentos, ora desconexamente abruptos, na maneira de falar entorpecida, como que fragmentada, manifestava-se um cansaço definitivo, uma mágoa secreta e silenciosa, muito diferente daquela tristeza meio afetada que costumava ostentar, como em geral ostenta a juventude cheia de esperança e de amor-próprio confiante.

— Contar-lhe tudo o que aconteceu comigo? — disse ele. — Não dá para contar tudo, nem vale a pena... Estou esgotado, tenho levado uma vida errante não só de corpo — errante de espírito. Com que e com quem não me desapontei, meu Deus! De quem não me aproximei! Sim, de quem! — repetiu Rúdin, ao notar que Liéjnev o olhava com uma simpatia particular. — Quantas vezes minhas próprias palavras se me tornaram repugnantes — nem digo em meus lábios, mas nos lábios de pessoas que compartilhavam a minha opinião! Quantas vezes passei da irritabilidade de uma criança à insensibilidade obtusa de um cavalo que já nem abana a cauda quando o açoitam com chicote... Quantas vezes alegrei-me, tive esperanças, fiz inimizades e humilhei-me em vão! Quantas vezes levantei voo como um falcão — e voltei rastejando como um caracol cuja casca fora esmagada!... Onde não estive, que estradas não percorri?... E as estradas às vezes são sujas — acrescentou Rúdin, virando-se ligeiramente. — O senhor sabe... — continuou ele...

— Ouça — interrompeu-o Liéjnev —, costumávamos tratar uns aos outros por "você"... Quer? Revivamos o velho hábito... Bebamos ao *você*!

Rúdin estremeceu, levantou-se, e em seus olhos cintilou algo que a palavra não pode expressar.

— Bebamos — disse ele —, obrigado, meu amigo, bebamos.

Liéjnev e Rúdin esvaziaram suas taças.

— *Você* sabe — recomeçou Rúdin, com um sorriso e acentuando a palavra "você" —, tenho dentro de mim um verme que me corrói e me atormenta e não me deixa ficar totalmente em paz. Ele me empurra para as pessoas; de início elas se submetem à minha influência, mas depois...

Rúdin fez um gesto no ar com a mão.

— Desde que me separei do senhor... de você, passei por muita coisa e por muitas experiências... Comecei a viver, recomecei do nada umas vinte vezes — e veja só!

— Não foi perseverante — proferiu Liéjnev, como que para si mesmo.

— É como diz, não fui perseverante!... Nunca soube construir nada; além do mais é difícil construir, meu amigo, quando não se tem o chão sob os pés, quando nos toca a nós mesmos criar nossos próprios fundamentos! Não me porei a descrever-lhe todas as minhas aventuras, isto é, propriamente falando, todas as minhas desventuras. Contar-lhe-ei dois ou três casos... aqueles em que o sucesso já parecia sorrir em minha vida, ou, melhor, em que eu começava a acreditar no sucesso — o que não é exatamente a mesma coisa...

Rúdin atirou para trás os cabelos grisalhos e já ralos com o mesmo gesto com que outrora lançava os cachos negros e espessos.

— Então, ouça — começou ele. — Deparei-me, em Moscou, com um senhor bastante estranho. Era muito rico e possuía extensas propriedades; não era funcionário público. Sua maior e única paixão era o amor pela ciência, pela ciência em geral. Até hoje não pude compreender como essa paixão se manifestou nele! Assentava-lhe tão bem quanto uma sela numa vaca. Era com grande esforço que mantinha certo nível intelectual e quase não sabia falar, limitava-se a revirar expressivamente os olhos e menear a cabeça de modo significativo. Eu, meu amigo, nunca conheci uma natureza mais pobre e sem talento que a sua... Na região de Smoliénsk há lugares assim — areia e mais nada, e ocasionalmente uma grama que não há animal que coma. Nada ia bem em suas mãos — tudo parecia escapar-lhe, para longe; mas ele ainda tinha a mania de tornar difícil tudo o que era fácil. Se dependesse de sua vontade, sua gente comeria com os calcanhares, com certeza. Trabalhava, escrevia e lia incansavelmente. Dedicava-se à ciência com uma espécie de perseverança obstinada e uma paciência inacreditável, tinha um amor-próprio imenso e uma vontade de ferro. Morava sozinho e tinha reputação de excêntrico. Eu o conheci... bem, e ele gostou de mim. Confesso que o compreendi logo, mas seu zelo deixou-me tocado. Além disso, possuía tantos recursos, seria possível fazer tanto bem e trazer benefícios substanciais através dele... Instalei-me em sua casa e acabei partindo com ele para sua aldeia. Meus planos, amigo, eram fantásticos: sonhava com diversos aperfeiçoamentos e inovações...

— Como em casa de Lassúnskaia, lembra-se — observou Liéjnev com um sorriso indulgente.

— Que nada! Lá, no fundo, sabia que nada resultaria de minhas palavras; mas nesse caso... nesse caso abria-se um campo completamente diferente diante de mim... Levei comigo livros de agronomia... é verdade que não li nenhum até o fim... e, então, pus mãos à obra. No início as coisas não saíram como eu esperava, mas depois pareciam estar indo bem. Meu novo amigo não dizia nada e só observava, não me incomodava, isto é, não incomodava até certo ponto. Aceitava minhas propostas e as executava, mas com obstinação, a custo, com uma desconfiança secreta, tendendo sempre para o seu lado. Dava imenso valor a cada um de seus pensamentos. Agarrava-se a eles com esforço, como uma joaninha na ponta da haste de uma erva, que fica ali, sentada nela, sempre como se tivesse a intenção de abrir as asas e voar — e súbito cai e recomeça a trepar... Não se surpreenda com todas essas comparações. Elas já na época fervilhavam-me na imaginação. E foi assim que me debati por dois anos. O negócio não progredia muito, apesar de todos os meus esforços.

Ivan Turguêniev

Comecei a me cansar, fiquei farto de meu amigo, comecei a zombar dele, e ele me sufocava, como um colchão de penas; sua desconfiança se transformou em irritação surda, um sentimento hostil tomou conta dos dois, já não conseguíamos falar de nada; furtivamente, mas constantemente, tentava demonstrar-me que não se submetia à minha influência; minhas ordens eram deturpadas ou completamente revogadas... Percebi, enfim, que estava na casa de um senhor latifundiário na qualidade de parasita para fornecer-lhe exercícios intelectuais. Senti-me amargurado por desperdiçar inutilmente tempo e energia, foi doloroso sentir que havia me enganado mais uma vez nas minhas expectativas. Sabia muito bem o que perdia ao partir; mas não pude me conter, e um dia, após uma cena penosa e revoltante de que fui testemunha e que me mostrou meu amigo sob um aspecto demasiadamente desfavorável, desentendi-me definitivamente com ele e fui embora, abandonando o fidalgo pedante, feito de uma mistura de farinha da estepe com melaço alemão...

— Isto é, abandonou o pão nosso de cada dia — disse Liéjnev e colocou ambas as mãos nos ombros de Rúdin.

— Sim, e me via de novo sem eira nem beira no espaço vazio. Voe para onde quiser, dizem... Ah, bebamos!

— À sua saúde! — proferiu Liéjnev erguendo-se e beijando Rúdin na fronte. — À sua saúde e em memória de Pokórski... Ele também soube se manter pobre.

— Essa foi minha aventura número um — começou Rúdin um pouco depois. — Devo ir em frente?

— Vá em frente, por favor.

— Ora! Já não tenho vontade de falar. Estou cansado de falar, meu amigo... Agora, porém, que assim seja. Depois de bater ainda em várias partes... a propósito, poderia contar-lhe como vim a ser secretário de um alto dignatário bem-intencionado e o que daí resultou, mas isso nos levaria longe demais... Depois de bater em várias partes, decidi afinal tornar-

Rúdin

-me... não ria, por favor... um homem de negócios, prático. Surgiu a seguinte oportunidade: fiz amizade com um... talvez tenha ouvido falar dele... com um tal de Kurbiêiev... não?

— Não, não ouvi. Mas, ora, Rúdin, como se explica que você, com a sua inteligência, não tenha desconfiado que seu negócio não consiste em... perdoe o trocadilho... ser um homem de negócios?

— Sei que não, meu amigo; mas, aliás, consiste em que, então?... Mas se visse Kurbiêiev! Não vá imaginar, por favor, que fosse um tagarela de cabeça oca. Dizem que outrora fui eloquente. Diante dele simplesmente não sou nada. Era um homem admiravelmente sábio, instruído, inteligente, uma cabeça criativa, meu amigo, em assuntos de indústria e de empresas comerciais. Os projetos mais ousados e inesperados fervilhavam-lhe na mente. Juntei-me a ele e decidimos empregar nossa capacidade em uma obra de utilidade pública...

— Em que, posso saber?

Rúdin baixou os olhos.

— Vai rir.

— Ora, por quê? Não, não vou rir.

— Decidimos tornar navegável um rio da província K... — proferiu Rúdin com um sorriso constrangido.

— Então é isso! Quer dizer que esse Kurbiêiev é um capitalista?

— Era mais pobre que eu — replicou Rúdin e calmamente baixou a cabeça grisalha.

Liéjnev deu uma gargalhada, mas súbito deteve-se e pegou na mão de Rúdin.

— Perdoe-me, meu amigo, por favor — disse ele —, mas não esperava absolutamente por isso. Bem, então, esse empreendimento de vocês não saiu do papel?

— Não de todo. Houve um início de execução. Contratamos operários... bem, e começamos. Mas aí surgiram vários obstáculos. Em primeiro lugar, os proprietários de moinhos não nos quiseram compreender e, além disso, sem máquina não podíamos lidar com a água, e para adquirir uma máquina não tínhamos dinheiro suficiente. Passamos seis meses vivendo num abrigo feito na terra. Kurbiêiev passava a puro pão, e eu também mal tinha o que comer. Aliás, disso não me arrependo: a natureza lá é esplêndida. Empenhamos todos os nossos esforços, tentamos convencer os comerciantes, escrevemos cartas e circulares. E o resultado foi que acabei com meu último copeque nesse projeto.

— Bem! — observou Liéjnev. — Acho que não é de admirar que tenha acabado com seu último copeque.

— Não é de admirar, de fato.

Rúdin olhou para a janela.

— E o projeto, juro, não era mau e poderia trazer grandes benefícios.

— E por onde anda esse Kurbiêiev? — perguntou Liéjnev.

— Ele? Agora está na Sibéria, tornou-se minerador de ouro. E verá como há de constituir uma boa situação financeira; vai chegar lá.

— Talvez; mas você, a essa altura, com certeza não conseguirá constituir uma posição.

— Eu? Que fazer?! Aliás, sei que a seus olhos sempre fui uma pessoa vazia.

— Você? Basta, meu amigo!... Houve realmente um tempo em que só seus pontos vulneráveis saltavam-me aos olhos, mas agora, acredite-me, aprendi a lhe dar valor. Não haverá mesmo de constituir uma boa situação financeira... E é por isso que gosto de você... ora!

Rúdin esboçou um sorriso.

— É verdade?

— Respeito-o por isso! — repetiu Liéjnev. — Será que me compreende?

Ambos ficaram em silêncio por um momento.

— Bem, devo passar para a número três? — perguntou Rúdin.

— Faça-me o favor.

— Pois bem. Número três e última. Acabo de ajustar contas com este número. Mas não o aborreço?

— Fale, fale.

— Então veja — começou Rúdin —, ocorreu-me certa vez, num momento de lazer... sempre tive muitos momentos de lazer... ocorreu-me que tinha conhecimentos suficientes e boas intenções... ouça, pois acho que não se porá a negar minhas boas intenções.

— Pode apostar!

— Em todos os outros projetos mais ou menos fracassara... Por que não me tornar um pedagogo ou, para dizer mais simplesmente, um professor... em vez de viver assim, inutilmente...

Rúdin parou de falar e suspirou.

— Em vez de viver assim, inutilmente, não seria melhor tentar transmitir aos outros o que sei? Talvez possam ao menos tirar algum proveito de meus conhecimentos. Afinal, tenho uma capacidade acima da média e domino o idioma... Foi então que decidi me dedicar a essa nova ocupação. Tive dificuldade para conseguir uma colocação; dar aulas particulares não queria; e, em escolas primárias, não tinha nada a fazer. Afinal, consegui aqui um cargo de professor no ginásio.

— Professor de quê? — perguntou Liéjnev.

— Professor de literatura russa. E posso lhe dizer que nunca me lancei a coisa alguma com tanto entusiasmo quanto a isso. A ideia de influir na juventude me estimulava. Passei três semanas elaborando a aula inaugural.

— Ainda a tem? — interrompeu Liéjnev.

— Não: está perdida em algum lugar. Não saiu nada mal e agradou. Ainda vejo a fisionomia de meus ouvintes — boa, jovem, com uma expressão de atenção sincera, de simpatia e até de admiração. Subi ao estrado e ministrei a aula em estado febril, achei que pouco mais de uma hora seria tempo suficiente, mas terminei-a em vinte minutos. O inspetor estava presente — um velho seco, de óculos de prata e peruca curta —, de vez em quando inclinava a cabeça em minha direção. Quando terminei e levantei-me da cadeira de um salto, ele me disse: "Foi boa, senhor, só que um tanto elevada e obscura, e além do mais pouco falou sobre a matéria em si". Quanto aos alunos do ginásio, acompanhavam-me respeitosamente com o olhar... de fato. É por isso que a juventude é preciosa! Levei a segunda aula escrita, e a terceira também... depois comecei a improvisar.

— E teve sucesso? — perguntou Liéjnev.

— Tive grande sucesso. Os ouvintes vinham em massa. Transmitia-lhes tudo o que tinha na alma. Entre eles havia três ou quatro jovens realmente notáveis; o restante pouco me entendia. Aliás, devo confessar que, mesmo aqueles que me entendiam, às vezes me confundiam com suas perguntas. Mas não desanimei. Gostar de mim, todos gostavam; nas provas, dava boas notas a todos. Mas logo armou-se uma intriga contra mim... ou melhor! não houve intriga nenhuma, simplesmente eu é que estava fora do meu meio. Constrangia os outros e eles me pressionavam. Dava aulas a alunos de ginásio que nem mesmo os de universidade costumam ter; meus ouvintes pouco proveito tiravam de minhas aulas... Eu mesmo não conhecia os fatos o bastante. Além disso, não estava satisfeito com a esfera de ação a que estava restrito... como já sabe, esse é o meu ponto fraco. Queria mudanças radicais, e, juro, essas mudanças eram não apenas fáceis como práticas. Esperava levá-las a cabo através do diretor, um homem bom e honesto, sobre o qual, no início, tivera influência. Sua esposa ajudava-me. Em minha vida, amigo, não encontrei muitas mulheres assim. Já beirava os quarenta anos; mas acreditava no bem, amava tudo o que é belo, como uma menina de quinze anos, e não temia expressar suas convicções diante de quem quer que fosse. Jamais esquecerei sua pureza e seu entusiasmo nobre. A seu conselho, havia elaborado um plano... Mas aí tramaram contra mim e denegriram-me diante dela. Quem mais me prejudicou foi o professor de matemática, um homem de baixa estatura, mordaz e bilioso, que não acreditava em nada, do tipo de Pigássov, só que muito mais sensato... A propósito, e Pigássov, ainda está vivo?

— Está vivo e, imagine só, casou-se com uma pequeno-burguesa que, dizem, bate nele.

— Bem feito! Bem, e Natália Aleksêievna, está com saúde?

— Sim.

— Está feliz?

— Sim.

Rúdin calou-se por um instante.

— Do que mesmo estava falando?... Ah, sim! Do professor de matemática. Odiava-me, comparava minhas aulas a fogos de artifício, pegava no ar cada expressão que não estivesse de todo clara, certa vez chegou a me confundir acerca de um monumento do século XVI... mas o pior é que suspeitava de minhas intenções; minha última bolha de sabão chocou-se com ele, como com um alfinete, e estourou. O inspetor, com quem me desentendera de imediato, pôs o diretor contra mim; houve uma cena, não quis ceder, excitei-me, o assunto chegou ao conhecimento dos superiores; e fui forçado a pedir demissão. Mas não parei por aí, quis lhes mostrar que não podiam tratar-me assim... mas puderam fazer comigo o que quiseram... Agora tenho de sair daqui.

Seguiu-se um silêncio. Os dois amigos estavam sentados de cabeça baixa.

Rúdin foi o primeiro a falar.

— Sim, meu amigo — recomeçou ele —, agora posso dizer com Koltsov: "A que ponto me levaste, minha juventude, a tanta andança, que já não há aonde dar um passo...".[96] E, entretanto, será possível que eu não tenha servido para nada, será possível que no fim das contas não haja na Terra uma função que eu possa desempenhar? Muitas vezes me fiz essa pergunta, e por mais que tentasse me rebaixar a meus próprios olhos, não podia deixar de sentir em mim a presença de uma força que não é dada a todo mundo![97] Por que então essa força continua estéril? E mais ainda: lembra-se de quando estávamos ambos no estrangeiro? Na época eu era presunçoso e simulado... É verdade que ainda não tinha clara consciência do que queria exatamente, embriagava-me com as palavras e acreditava em visões; mas agora, juro, posso manifestar em voz alta, diante de todo mundo, tudo o que desejo. Decididamente, nada tenho a ocultar: sou um homem absolutamente bem-intencionado, na mais completa acepção da palavra; estou me resignando, quero adaptar-me às circunstâncias, quero pouco, quero alcançar um objetivo próximo, ser de alguma utilidade, ainda que insignificante. Mas não! Não consigo! O que significa isso? O que me impede de viver e de agir como os outros?... É só com isso que sonho agora. Mas mal consigo chegar a uma determinada posição, estabelecer-me em determinado ponto, o destino vem e me expulsa dali consigo... Passei a temê-lo — o meu destino... Por que tudo isso? Decifre esse enigma para mim!

— Um enigma! — repetiu Liéjnev. — Sim, é verdade. Também para mim sempre foi um enigma. Mesmo na juven-

[96] Citação do poema "A encruzilhada", de Aleksei Koltsov (1809-1842). (N. da T.)

[97] Menção às reflexões de Petchórin diante do duelo em *O herói do nosso tempo*, de Liérmontov: "[...] para que vivi? Com que fim nasci?... Mas deve haver algum fim e alguma alta missão, porque sinto em mim forças imensuráveis; mas não descobri essa missão [...]". Tradução de Paulo Bezerra, São Paulo, Martins Fontes, 1999, pp. 183-4. (N. da T.)

tude, quando às vezes, depois de alguma brincadeira insignificante, de repente você se punha a falar de tal modo que eu sentia um aperto no coração, e aí recomeçava... bem, sabe o que quero dizer... mesmo na época não o entendia: foi por isso que me desafeiçoei de você... Tinha tanta energia, uma aspiração tão implacável ao ideal...

— Palavras, não mais que palavras! Nada de ação! — interrompeu Rúdin.

— Nada de ação! Mas que ação...

— Que ação? Sustentar uma mulher cega e uma família inteira com o próprio trabalho, como fazia Priajiéntsev, lembra... Aí, sim, há ação.

— Sim, mas uma boa palavra também é ação.

Rúdin fitou Liéjnev em silêncio e balançou ligeiramente a cabeça.

Liéjnev quis dizer algo e passou a mão pelo rosto.

— Então, está indo para a aldeia? — perguntou afinal.

— Sim.

— Mas ainda tem a aldeia?

— Restou alguma coisa. Duas almas e meia. Um canto para morrer. Talvez esteja pensando neste momento: "Nem agora prescinde de suas frases!". As frases, de fato, foram minha ruína e me consumiram, nunca consegui me ver livre delas. Mas o que disse não é frase. Não são frases, meu amigo, estes cabelos grisalhos, estas rugas; estes cotovelos puídos não são meras frases. Sempre foi severo comigo, e com razão; mas agora não há lugar para a severidade, quando já está tudo acabado e não há óleo na lamparina, quando a própria lamparina está quebrada e o pavio está prestes a se apagar... A morte, meu amigo, enfim, tudo reconcilia...

Liéjnev saltou.

— Rúdin! — exclamou. — Por que me diz isso? O que fiz para merecê-lo? Que juiz sou eu e que espécie de homem seria se, ao ver-lhe as rugas, as faces encovadas, pudesse me vir à mente a palavra "frases"? Quer saber o que penso de você? Muito bem! Penso: eis um homem que... com sua capacidade, o que não poderia ter conseguido, que bens materiais não possuiria agora se quisesse!... No entanto, encontro-o faminto e sem abrigo...

— Desperto-lhe compaixão — proferiu Rúdin com uma voz surda.

— Não, está enganado. É respeito o que me inspira — aí é que está. Quem o impediu de passar anos após anos ao lado desse latifundiário, seu amigo, e que, estou plenamente convencido, teria consolidado sua situação financeira, contanto que se dispussesse a adaptar-se a ele? Por que não pôde ficar no ginásio, por que — homem estranho! —, quaisquer que fossem os propósitos com que iniciava um empreendimento, todas as vezes acabava inevitavelmente por sacrificar seus interesses pessoais e não criar raízes em solo infausto, por mais fértil que fosse?

— Nasci um cardo-corredor[98] — continuou Rúdin com um sorriso desalentado. — Não consigo ter paragem.

— É verdade, não consegue ter paragem, mas não porque tem um verme dentro de si, como disse-me de início... Não é um verme que tem em si, não é o espírito da inquietude ociosa: o que arde em você é o fogo do amor à verdade, e pelo visto, apesar de todos os contratempos, queima muito mais fortemente em você do que em muitos que nem sequer se consideram egoístas e talvez o chamem de intrigante. Eu mesmo, por exemplo, em seu lugar, há muito teria obrigado esse verme a silenciar em mim e me reconciliado com tudo; você, no entanto, nem ficou amargurado, e estou certo de que

---

[98] Cardo-corredor é o nome popular de uma planta da família das apiáceas. Chama-se corredor porque no outono o vento arranca seus caules secos, cheios de folhas, e os arrasta para colonizar novos terrenos. Trata-se de uma planta que não cria raízes. (N. da T.)

hoje mesmo, nesse instante, está pronto outra vez a se lançar em um novo empreendimento, como um adolescente.

— Não, meu amigo, agora estou cansado — proferiu Rúdin. — Para mim, basta.

— Estou cansado! Qualquer outro teria morrido há muito tempo. Diz que a morte reconcilia, e a vida, não acha que reconcilia? Quem viveu e não se tornou complacente com o próximo também não merece complacência. E quem pode dizer que não precisa de complacência? Fez o que pôde, lutou enquanto pôde... Que mais quer? Nossos caminhos se separaram...

— É muito diferente de mim, meu amigo — interrompeu-o Rúdin com um suspiro.

— Nossos caminhos se separaram — continuou Liéjnev —, talvez, justamente porque, graças à minha condição, ao meu sangue-frio e a outras circunstâncias felizes, nada me impediu de ficar pregado na cadeira e permanecer como um espectador, com os braços cruzados, enquanto você teve de sair a campo, arregaçar as mangas, labutar e trabalhar. Nossos caminhos se separaram... mas veja como estamos próximos um do outro. Afinal, falamos quase a mesma língua, bastam meias alusões para entendermos um ao outro, crescemos com os mesmos ideais. Pois restaram poucos de nós, meu amigo; pois você e eu somos os últimos dos moicanos! Podíamos divergir e até mesmo nos hostilizar nos velhos tempos, quando tínhamos uma vida inteira pela frente; mas agora, quando a multidão em torno de nós está rareando, quando as novas gerações passam por nós com propósitos que não são nossos, temos de nos segurar fortemente um no outro. Brindemos, meu amigo, vamos lá, e cantemos como antigamente o *Gaudeamus igitur*![99]

---

[99] "Alegremo-nos portanto!", antiga canção, com letra em latim, muito popular no meio estudantil russo da época. (N. da T.)

Os amigos tilintaram os cálices e cantaram a antiga canção de estudantes com voz emocionada e desafinada, no verdadeiro estilo russo.

— E agora está indo para a aldeia — Liéjnev começou de novo a falar. — Não acho que ficará muito tempo lá e não posso imaginar de que jeito, onde e como haverá de terminar... Mas lembre-se, aconteça o que acontecer, terá sempre um lugar, um ninho onde poderá se abrigar. É a minha casa... Está ouvindo, meu velho? Os pensamentos também têm seus inválidos: pois que também tenham um asilo.

Rúdin se levantou.

— Obrigado, meu amigo — continuou ele. — Obrigado! Não me esquecerei do que fez. Mas não mereço um abrigo. Estraguei minha vida e não servi às ideias como devia...

— Cale-se! — continuou Liéjnev. — Cada um permanece como a natureza o fez e não se pode exigir mais dele! Chamou-se de Judeu Errante... E talvez por saber é que deva vagar assim eternamente, talvez dessa maneira esteja cumprindo um desígnio superior, desconhecido a si próprio: não por acaso diz a sabedoria popular que estamos todos nas mãos de Deus... Está indo embora? — continuou Liéjnev, ao ver que Rúdin apanhara o chapéu. — Não fica para pernoitar?

— Estou indo! Adeus. Obrigado... E acabarei mal.

— Só Deus sabe... Está decidido a ir?

— Estou indo. Adeus. Não guarde rancor de mim.

— Então não guarde rancor de mim também... e não se esqueça do que lhe disse. Adeus...

Os amigos se abraçaram. Rúdin saiu rapidamente.

Liéjnev passou longo tempo andando para lá e para cá no quarto, parou diante da janela, refletiu e proferiu a meia-voz: "pobrezinho!" — e, sentando-se à mesa, pôs-se a escrever uma carta para sua esposa.

E lá fora o vento levantara-se e uivava de modo sinistro, fustigando pesada e raivosamente as vidraças, que tilintavam. Começava uma longa noite de outono. Feliz daquele que, numa noite como esta, encontra-se ao abrigo de uma casa e tem um cantinho onde se aquecer... E que o Senhor ajude a todos os andarilhos sem asilo!

A 26 de junho de 1848, em Paris,[100] sob o calor sufocante do meio-dia, quando o levante dos "ateliês nacionais" já estava quase esmagado em uma das vielas estreitas do subúrbio de Saint-Antoine,[101] o batalhão de tropas da linha tomava uma barricada. Alguns tiros de canhão já a haviam rompido; seus defensores sobreviventes a abandonavam e só pensavam na própria salvação quando, de repente, bem no topo da barricada, na carroceria quebrada de um ônibus virado surgiu um homem alto, com uma sobrecasaca velha, echarpe vermelha atada à cintura e chapéu de palha nos cabelos grisalhos e desgrenhados. Em uma das mãos segurava uma bandeira vermelha, na outra — um sabre curvo e cego, e gritava algo com uma voz fina e estridente, escalando a custo a barricada e agitando a bandeira e o sabre. Um fuzileiro de Vincennes fez pontaria e atirou... O homem alto deixou cair a bandeira e tombou como um saco, com o rosto para baixo, como se inclinasse aos pés de alguém... A bala o traspassara em pleno coração.

[100] Último dia da revolta do proletariado de Paris contra a burguesia, que começou em 23 de junho. A revolta foi provocada pelo fechamento, por parte do governo burguês, dos "ateliês nacionais", instituídos no início da Revolução Francesa como solução ao problema do desemprego em massa em Paris. (N. da T.)

[101] Centro da revolta. (N. da T.)

— *Tiens!* — disse um dos *insurgés* em fuga a outro. —
On vient de tuer le Polonais.[102]

— *Bigre!*[103]— respondeu o outro, e ambos precipitaram-
-se para o porão de uma casa com todas as janelas fechadas
e as paredes cobertas de vestígios de balas e de chumbo.

O *"Polonais"* era Dmitri Rúdin.

---

[102] "Veja!"; "insurgentes"; "Acabaram de matar o polonês." (N. da
T.)

[103] "Diabos!" (N. da T.)

Ivan Turguêniev em retrato dos anos 1850.

Posfácio
OS ÚLTIMOS DOS MOICANOS

Fátima Bianchi

Embalado pelo romantismo na Rússia, Ivan Serguêievitch Turguêniev (1818-1883) começou sua carreira literária escrevendo poesia. Na segunda metade dos anos 1840, ganhou enorme popularidade com seus esboços da vida camponesa, reunidos mais tarde na coletânea *Memórias de um caçador*, que contém alguns de seus melhores contos. Na verdade, o escritor transitou por todos os gêneros, sendo muitas de suas obras dedicadas à representação do cenário intelectual da aristocracia de sua época.

Rúdin é o primeiro romance de Turguêniev, uma obra dramática e emocionante, criada com pensamentos filosóficos e personagens verossímeis. Publicada nos números de janeiro e fevereiro de 1856 da revista *O Contemporâneo* (*Sovremiênnik*), atraiu imediatamente a atenção do leitor e foi recebida com enorme simpatia pelos dois campos em que estava dividida a crítica russa, o dos eslavófilos e o de orientação ocidentalista.

"Por falta do que fazer", confessa Turguêniev, no verão de 1855, em Spásskoie, sua propriedade rural, pôs-se a trabalhar como nunca antes em sua vida. Desse esforço deveria resultar uma novela psicológica longa, dedicada à representação de um certo tipo da *intelligentsia* aristocrata, que teria como protótipo Mikhail Bakúnin. Para isso ele contava com os anos que passara a seu lado, na juventude, que lhe haviam

Posfácio

187

revelado o caráter complexo dessa personalidade brilhante em todas as suas contradições.

Pela primeira vez em sua prática literária, Turguêniev esboçou um plano detalhado antes de pôr mãos à obra, tomando como personagens, como ele mesmo diz, "dois tipos que não são novos na vida russa, mas que o são na literatura".[1] O plano preliminar, que tinha como título "Uma natureza genial", foi seguido à risca. Ele terminou a novela rapidamente, em sete semanas, e a enviou para seus amigos da revista O Contemporâneo, da qual o crítico, escritor e poeta Nikolai Nekrássov era então o editor, confiando-lhes que a "havia escrito com amor e reflexão".

No outono do mesmo ano, sob influência de alguns acontecimentos que tiveram lugar na época, como a morte de Granóvski[2] — integrante do círculo filosófico de Herzen, em Moscou —, e o fato de Bakúnin encontrar-se encarcerado na Fortaleza de Chlisselburg, Turguêniev modificou várias de suas passagens, levando em conta as ponderações e sugestões dos amigos.

No trabalho de reelaboração, foram atenuados os traços de Rúdin que o assemelhavam a Bakúnin e acrescentados à sua figura traços mais generalizantes — comuns a outros integrantes dos círculos de amigos de Moscou — e de significado mais histórico. Turguêniev o apresentou como um idealista culto, irremediavelmente condenado a uma inatividade torturante na Rússia de Nicolau I, e deu um acabamento mais

---

[1] De sua correspondência com Olga Aleksândrovna Turguênievna de 22 de agosto (3 de setembro no calendário gregoriano) de 1855. *Pólnoie sobránie sotchiniénii* (Obras completas), *Cartas*, vol. 2, Moscou/Leningrado, Editora da Academia de Ciências da URSS, 1961, p. 310.

[2] Timofiei Granóvski (1813-1855) foi historiador e professor da Universidade de Moscou. No romance *Os demônios*, de Dostoiévski, ele serve como protótipo para a figura de Stiepan Vierkhoviénski.

definido à ação, ao papel social e à relação da personagem com o meio circundante.

A figura de Dmitri Rúdin adquiriu então um caráter típico da sua geração. O fundo histórico complexo em que se desenrola o enredo, e que expõe o surgimento, na vida russa, das pessoas do tipo de Rúdin, ficara claro, ao menos nas entrelinhas, e a novela psicológica de Turguêniev se transformou num romance de grande significado histórico e social. O próprio título da obra foi mudado para *Rúdin* e ela foi inteiramente dedicada "aos homens dos anos 40". Como observou o escritor Maksim Górki, "Rúdin é Bakúnin, Herzen e, em parte, o próprio Turguêniev, pessoas que, não por acaso, viveram sua vida e deixaram para nós uma herança magnífica".[3]

E era justamente essa a ideia do autor e de seus conselheiros literários. Rúdin deveria representar uma figura típica da *intelligentsia* aristocrata da época, com todas as qualidades e defeitos que faziam parte da sua natureza. E ninguém mais indicado que Turguêniev para retratar esse movimento ideológico. Além de observador atento, ele também era, pode-se dizer, um "homem dos anos 40", que havia sonhado com a Europa como "fonte do verdadeiro conhecimento" e compartilhado a exaltação da arte e das liberdades pessoais com a geração romântica russa. Ao desembarcar em Berlim, em 1838, fez amizade com Bakúnin, na época entregue ao pensamento hegeliano, e com o filósofo romântico Nikolai Stankiévitch[4] — modelo para a figura poética e comovente

---

[3] Citado por Nikolai Bogoslovski em *Turguêniev*, Moscou, Molodáia Gvárdia, 1961, p. 222.

[4] Nikolai Vladímirovitch Stankiévitch (1813-1840), poeta e filósofo, líder do mais famoso círculo de amigos de Moscou, que levava seu nome, desempenhou grande papel no desenvolvimento do pensamento russo na primeira metade do século XIX.

Posfácio

de Pokórski no romance —, que provocou nele a mesma impressão surpreendente que mais tarde, em 1843, seria despertada pelo impetuoso e brilhante crítico radical Vissarion Bielínski.

O escritor, que para criar uma personagem de ficção dizia ter necessidade de escolher uma pessoa real, que lhe servisse "como que de fio condutor", conhecia bem a atmosfera do círculo filosófico em que transcorreram os anos de juventude de Rúdin e se formaram as bases para a sua visão de mundo. Ao criar Pokórski, diz ele, "tinha diante de mim a imagem de Stankiévitch".[5] E mais tarde apontaria: "Em Rúdin eu apresentei de modo bastante verdadeiro o seu [de Bakúnin] retrato".

Reunido no verão na propriedade rural da rica viúva Dária Mikháilovna, o círculo de personagens do romance aguarda com ansiedade a chegada de um barão intelectual. Em vez disso, é surpreendido com a chegada de Dmitri Nikoláievitch Rúdin, que imediatamente seduz a imaginação de todos com seu discurso arrebatado e apaixonado. Satisfeita com sua inteligência e sagacidade, a anfitriã, que se deleita na companhia de homens espirituosos, o convida a ficar.

A partir daí se desenvolve toda a trama do romance, situada na época em que tiveram início os movimentos sociais e políticos que marcaram a vida russa do século XIX e cuja evolução pode ser acompanhada nas obras seguintes do escritor. *Rúdin* conta a história de um personagem típico de Turguêniev: um homem "supérfluo", fraco de vontade, indeciso e atormentado por seus ideais.

Numa série de contos e novelas anteriores, como "Hamlet da província de Schigrov", "Diário de um homem supér-

---

[5] Ivan Turguêniev, *Obras completas*, vol. 6, p. 395.

fluo" e *Correspondências*, o escritor já vinha se dedicando à descrição dessa figura, ora de um ponto de vista trágico, ora lastimando sua existência nas condições do regime de servidão. E quando *Rúdin* foi publicado, a crítica procurou logo demonstrar que serviram como seus predecessores literários diretos *Ievguêni Oniéguin*, de Púchkin, e *O herói do nosso tempo*, de Liérmontov, cujos protagonistas são considerados verdadeiros representantes de suas gerações (a dos homens dos anos 20 e 30, respectivamente).

Em *Rúdin*, Turguêniev tomou para si a tarefa de retratar o ativista social de sua época, o homem dos anos 40, cuja vida está toda voltada à tentativa de ser útil à pátria. Rúdin é seu primeiro personagem a entrar para a arena social e para a galeria das figuras representativas de seu tempo, assinalando a etapa seguinte do desenvolvimento da sociedade e da literatura russa.

O crítico Tchernichévski, que até essa época ainda reconhecia o "homem supérfluo" como "as melhores pessoas da sociedade", relaciona o personagem de Turguêniev com seus predecessores e afirma que nele tudo é "novo, desde as ideias e os atos até o caráter e os hábitos". O próprio Turguêniev, ao levantar no romance a questão da origem dessa figura trágica, localiza o surgimento do tipo social de Rúdin nos anos 30, época em que tiveram início os movimentos sociais a que se refere o romance e se constituíram os círculos de amigos em Moscou. Deles fizeram parte Herzen, Bielínski, que fora iniciado no hegelianismo por Bakúnin, e Stankiévitch, entre outros homens notáveis dessa geração que se formara com filosofia idealista alemã e estava ligada à criação, na Rússia, de um socialismo utópico baseado nas ideias de um "novo cristianismo".

Isolados e sem contato com a realidade de seu país, esses jovens estudantes se reuniam em círculos de amigos e se encontravam para conversar e debater sobre a verdade, a arte e o que de fato importava para a vida, "como se tivessem entrado num templo". Por força das circunstâncias históricas, isso era tudo o que eles podiam fazer. São estas também as atividades a que se dedicavam os integrantes do círculo de Pokórski no romance, conforme descreve Liéjnev, amigo de Rúdin na juventude: "É com as faces em brasa e o coração palpitando que falamos de Deus, da verdade, do futuro da humanidade, de poesia — às vezes dizemos disparates e nos entusiasmamos com futilidades, mas e daí!?".

A própria época, o meio e as condições históricas foram responsáveis por criar essa figura, conforme desabafa o personagem da novela *Correspondências* (1854), de Turguêniev, ao enumerar seus pecados: "As circunstâncias determinam nossa vida — elas nos empurram para um ou outro caminho e depois nos condenam". E mais adiante ele continua:

> "Nós, os russos, não temos outra ocupação na vida a não ser cultivar a personalidade... O mal é que as condições do sistema político e social russo não abrem possibilidades que permitam ao indivíduo dar ampla vazão à vida social. O homem com formação e que pensa é obrigado por isso a realizar a única coisa que lhe é possível — 'cultivar sua personalidade'."[6]

Acontece que as pessoas instruídas, na Rússia, constituíam uma parcela ínfima da população e estavam separadas da vasta maioria por um abismo social imenso. E nisso se encerrava seu infortúnio: no fato de estarem separadas do povo, esmagado pela servidão e pobreza. Como diz Liéjnev, para justificar o amigo: "A desgraça de Rúdin é que ele não

---

[6] *Idem, ibidem*, vol. 6, p. 168.

conhece a Rússia [...], o cosmopolitismo é uma tolice". E em seguida reconhece que "Rúdin não tem culpa: esse é o seu destino, um destino amargo e penoso, pelo qual não seremos nós aqui a culpá-lo. A conversa iria muito longe, se quiséssemos compreender por que os Rúdins surgiram entre nós". O texto relaciona os motivos históricos de seu surgimento com a época que se seguiu à derrota decabrista,[7] um tema que, no ano de 1855, ainda não podia ser tratado abertamente.

É fato que as "pessoas supérfluas", e entre elas Rúdin, não constituíam o ideal para Turguêniev. Mas, assim como Tchernichévski, ele as via de um ponto de vista histórico. Tanto que as mudanças no texto original da obra, muitas sugeridas por seus conselheiros literários, deveriam não apenas explicar Rúdin, mas também justificá-lo do ponto de vista social e reafirmar o significado histórico positivo dos "russos da camada culta", que, como ele, não puderam se tornar ativistas sociais verdadeiramente úteis. Toda a ação do romance, desde a sucessão dos episódios até as peripécias do enredo, tudo está subordinado à tarefa de avaliação do papel histórico de Rúdin, principalmente no que se refere à sua "utilidade social". Por isso, na construção de seu caráter, Turguêniev o representa em sua relação com outros indivíduos, com o meio estagnado da vida da nobreza e com valores morais extraindividuais.

Com essa obra, como apontou o estudioso inglês Richard Peace, "Turguêniev inaugura um tema importante para o romance e para a literatura russa em geral — o do 'homem de ideias'; o *intelligent* ocupa nele um lugar central".[8]

---

[7] Revolta empreendida por oficiais do exército russo em dezembro de 1825, em protesto contra a coroação de Nicolau I. O movimento foi duramente repreendido pelo tsar.

[8] Richard Peace, *The novels of Turgenev: symbols and emblems*. Disponível em http://eis.bris.ac.uk/~rurap/novelsof.htm.

De fato, Rúdin possui um dom notável: a eloquência, a capacidade de contagiar as pessoas à sua volta e atraí-las para as ideias elevadas. E ele não é "um farsante", como reconhece Liéjnev. Seu entusiasmo contagia e sua eloquência convence porque são devotados aos seus ideais, pelos quais "acabava sempre, inevitavelmente, por sacrificar os próprios interesses". Sua fé na ciência, na necessidade de um conhecimento amplo da vida, seu amor à verdade e à liberdade como "um dos bens mais preciosos do homem" exercem forte atração sobre o estudante *raznotchínets*[9] Bassístov e sobre Natália (a primeira de uma série de personagens femininas a tornarem-se conhecidas na crítica literária como "as jovens de Turguêniev", em geral mulheres nobres, apaixonadas e dispostas a enfrentar todos os obstáculos que encontram em seu caminho).

O contato com Rúdin leva Natália a se dar conta da estagnação em que estava imerso o círculo da nobreza provinciana. Sem se importar com a diferença de idade e de nível social, ela o elege como "seu mentor e guia" e se apaixona por ele. A um chamado seu, teria lhe dado a mão e seguido sem hesitar. Quanto à influência de Rúdin, é nos seguintes termos que Bassístov, um jovem "cheio de esperanças entusiastas e uma fé intacta", se refere a ela: "Eu lhes juro, esse homem não só sabe nos sacudir como nos tira do lugar, não nos deixa ficar parados, vira-nos pelo avesso e nos incendeia!". E a voz de Bassístov, por ser ele representante de outra camada da sociedade, do meio *raznotchínets*, possui um peso especial: ela é um testemunho de que Rúdin não pregava no vazio, isto é, da sua capacidade de despertar novas forças para o movimento.

Rúdin é tanto vítima como "herói" do seu tempo. Com

---

[9] O termo *raznotchínets* é empregado para referir-se aos intelectuais que não pertenciam à nobreza na Rússia dos séculos XVIII e XIX.

sua inteligência, ele poderia ser de grande valor e utilidade para o país, mas não encontra na sociedade um lugar que lhe permita desenvolver suas potencialidades. Traço esse que compartilha com seus predecessores literários.

No entanto, pela própria época em que surgiu, Rúdin já é muito mais consciente e seu mundo interior, muito mais multifacetado e rico. É através dele, aliás, que essa característica comum a todos eles acaba vindo à tona. Não por acaso, no epílogo, ele faz suas as palavras de Petchórin, também apresentado por Liérmontov como uma figura liberal, corajosa, consequente, extremamente honesta em suas posições morais e com ideias grandiosas, mas incapaz de transformá--las em atos. Levando em consideração que a formação de Rúdin está relacionada com os círculos filosóficos dos anos 1830, ele dificilmente poderia ser uma pessoa prática e ativa. Daí sua "utilidade" no romance limitar-se à sua atividade como crítico da realidade, à sua capacidade de propagar ideias revolucionárias.

Essa interpretação do "homem supérfluo" como alguém que possui grande capacidade e potencial intelectual mas é incapaz de transformá-los em atos decorre da própria visão de Turguêniev sobre a natureza humana, expressa no ensaio "Hamlet e Dom Quixote",[10] publicado em janeiro de 1860 na revista *O Contemporâneo*. Trata-se de um texto em que ele se opõe, ainda que de forma velada, aos críticos da tendência democrata, ao dividir as pessoas em dois grandes grupos representados por estas duas figuras. De acordo com sua percepção do tema, o entusiasmado Dom Quixote é uma figura ativa, que vive fora de si, para os outros, "para o aniquilamento do mal", e ainda que fracasse muitas vezes, acaba alcançando seus objetivos. Já o egoísta Hamlet é visto por

---

[10] Traduzido por Rubens Figueiredo e incluído como apêndice em Ivan Turguêniev, *Pais e filhos*, Cosac Naify, São Paulo, 2004.

ele como alguém incapaz de agir por ser inclinado demais à análise pormenorizada de tudo e profundo demais na reflexão. Daí que ele viva não de acordo com o seu dever, mas com a sua situação, paralisado pela indecisão. O argumento de Turguêniev é que, contudo, tanto um quanto o outro, "de forma consciente ou não, vive em razão dos seus princípios, em razão do seu ideal". A crítica sugere que a figura do personagem principal do romance, Rúdin, pode ser facilmente identificada com Hamlet. Mas sugere também que é, pelo menos em parte, autobiográfica, tanto que esse traço se manifesta em vários outros de seus personagens.

Em 1860, ao publicar pela primeira vez suas obras reunidas, Turguêniev acrescentou o episódio da morte do herói numa barricada de Paris em junho de 1848. Na opinião dos organizadores das *Obras completas* de Turguêniev, M. O. Gabel e I. A. Batiugova, a intenção do escritor, com esse acréscimo, era demonstrar que, representado no início do romance com traços que evocavam fortemente a figura de Hamlet:

> "Rúdin se torna a seu modo um Dom Quixote, capaz de um ato heroico, apesar de inútil. A morte na barricada não fez dele um revolucionário consequente e ativo e não teve nenhuma utilidade real (o que é reforçado por seu surgimento numa barricada já destruída e abandonada pelos defensores e pela menção ao 'sabre curvo e cego', com o qual estava armado), mas dava um novo sentido e conclusão a toda a sua vida, introduzia-o nas fileiras 'destes ridículos Dom Quixotes', sem os quais 'a humanidade não daria um passo adiante'."[11]

[11] Ivan Turguêniev, *Obras completas*, vol. 6, pp. 570-1.

Certamente, esse novo final de *Rúdin*, acrescentado ao epílogo depois de tantos anos, pode ser explicado pelo relativo afrouxamento da censura após a morte de Nicolau I. A troca de tsares, em seguida à profunda reação política que marcara os anos 1840-50, abriu espaço para uma movimentação mais ativa no cenário literário. Mas levou também a um processo de aprofundamento das diferenças existentes no seio das correntes progressistas, que culminou com sua divisão em duas tendências opostas: a liberal, da nobreza, e a democrática, de orientação revolucionária.

Nos anos 1859-60, a direção da revista *O Contemporâneo*, criada por Púchkin, e que durante todo o século XIX foi o principal órgão de expressão da tendência liberal, ficou a cargo dos críticos democratas revolucionários Tchernichévski e Dobroliúbov. Com isso, escritores como Turguêniev, Tolstói e Gontcharóv, que tinham grandes esperanças nas reformas liberais do novo tsar, Alexandre II, se afastaram do número de seus colaboradores.

Essa mudança de direção teve reflexo também na questão do novo herói da literatura russa. Até 1856, esse traço de caráter hesitante e indeciso da *intelligentsia* aristocrata, do "homem supérfluo", ainda não havia ficado completamente exposto. Nem mesmo Tchernichévski considerava os representantes da nobreza, pela posição que ocupavam na sociedade, incapacitados para a ação social em interesse do povo. E ele não só continuava a defender as "pessoas supérfluas" contra os ataques da crítica conservadora, como destacava os méritos de Oniéguin, Petchórin, Béltov (personagem do romance *Quem é o culpado?*, de Herzen) e Rúdin do ponto de vista histórico, mostrando que a essência social desse fenômeno se explicava pela própria realidade do regime de servidão na Rússia. No entanto, ele observa: "Oniéguin foi substituído por Petchórin, e Petchórin por Béltov e Rúdin. Nós ouvimos do próprio Rúdin que seu tempo já havia passado".[12] E Tchernichévski aproveita essa constatação para dar destaque à questão do sucessor dessa figura.

E foi sob essa orientação que, em março de 1860, Dobroliúbov publicou um artigo intitulado "A nova novela do senhor Turguêniev" ("Quando chegará o verdadeiro dia"), no qual "Rúdin e todos os seus irmãos" são apresentados ironicamente como figuras "inteligentes e nobres, mas em essência inativas", que, em "seu tempo [...] pelo jeito foram muito úteis" como "propagandistas, ainda que apenas para a alma feminina, mas propagandistas", e que, porém, naquele momento, com a mudança das circunstâncias e das exigências, haviam perdido todo o significado e interesse.

Num artigo posterior,[13] o crítico foi ainda mais contundente em seus ataques à paralisia do homem supérfluo, ao qual ele se refere como tipos literários que se mostraram incapazes de traduzir qualquer um de seus acalentados valores e sonhos em ações sociais concretas. O artigo despertou uma forte reação nos escritores que não concordavam com essa crítica, porque era a primeira vez que o caráter inativo da figura do "homem supérfluo" havia sido completamente desmascarado.

As críticas desagradaram a Turguêniev, que já estava isolado do grupo da revista. Além do mais, esse tema possuía para ele um significado importante, o que certamente contou muito para o acréscimo do ato quixotesco de Rúdin no final do romance, que lhe confere uma aura trágica tardia. No novo contexto político e cultural de 1860, esse final repre-

[12] Nikolai Tchernichévski, *Pólnoie sobránie sotchiniénii* (Obras completas em 16 volumes), vol. 3, Moscou, 1947, p. 567.

[13] Nikolai Dobroliúbov, "O que é o oblomovismo", tradução de Sonia Branco, em Bruno Barretto Gomide (org.), *Antologia do pensamento crítico russo (1802-1898)*, São Paulo, Editora 34, no prelo.

sentava sobretudo uma resposta aos ataques do campo democrata contra a figura do protagonista.

A essa altura já não havia Stankiévitch, Granóvski e Bielínski; Herzen estava no exílio e Bakúnin nas masmorras da fortaleza Chlisselburg. Toda essa geração, no momento em que Turguêniev se pôs a contar sobre ela, encontrava-se em extinção e às vésperas de ser desbancada pelos novos ativistas sociais. Ele teve então a preocupação de falar dela de modo a evitar que o leitor lhe ficasse indiferente ou, então, se referisse a ela com ironia, para que pudesse reconhecer o seu mérito e vê-la não como a escória social, mas como predecessora de um movimento ideológico que haveria de perdurar por praticamente todo o século XIX.

E é nesse sentido que soam as palavras finais da personagem de Liéjnev, no romance, dirigidas ao amigo:

> "[...] restaram poucos de nós, meu amigo; pois você e eu somos os últimos dos moicanos! Podíamos divergir e até mesmo nos hostilizar nos velhos tempos, quando tínhamos uma vida inteira pela frente; mas agora, quando a multidão em torno de nós está rareando, quando as novas gerações passam por nós com propósitos diferentes dos nossos, temos de nos segurar fortemente um no outro."

Em meados dos anos 1850, Turguêniev sentiu que era necessário mostrar isso, já que, em comparação com os anos 40 e início dos 50, as mudanças na sociedade já eram evidentes. A "reforma camponesa" mostrava-se inevitável, a Rússia encontrava-se às vésperas de uma transformação histórica. Era importante para o escritor, através da figura de Rúdin, mostrar o grande mérito que, apesar de tudo, teve essa geração: a capacidade de fazer "germinar muitas sementes boas nas almas jovens". Fator esse que se tornaria de extrema relevância para a constituição do herói que abriria o novo capítulo da literatura nos anos 60: o "homem novo", um "homem de ação", representado pelos jovens *raznotchínets*, que traziam na alma as mesmas inquietações que seus predecessores, seus "pais" no plano político, mas não pertenciam à nobreza.

SOBRE O AUTOR

Ivan Serguêievitch Turguêniev nasceu em 28 de outubro de 1818, em Oriol, na Rússia. De família aristocrática, viveu até os nove anos na propriedade dos pais, Spásskoie, e em seguida estudou em Moscou e São Petersburgo. Perdeu o pai na adolescência; com a mãe, habitualmente descrita como despótica, manteve uma relação difícil por toda a vida. Em 1838, mudou-se para a Alemanha com o objetivo de continuar os estudos. No mesmo ano, publicou sob pseudônimo seu primeiro poema na revista *O Contemporâneo (Sovremiênnik)*.

Em Berlim, estudou filosofia, letras clássicas e história; além disso, participava dos círculos filosóficos de estudantes russos, e nessa época se aproximou de Bakúnin. Em 1843, conheceu o grande crítico Bielínski e passou a frequentar seu círculo. As ideias de Bielínski a respeito da literatura exerceram profunda influência sobre as obras do jovem escritor, que pouco depois começaria a publicar contos inspirados pela estética de sua Escola Natural. Estas histórias obtiveram grande sucesso e anos depois foram reunidas no volume *Memórias de um caçador* (1852). O livro alcançou fama internacional e foi traduzido para diversas línguas ainda na mesma década, além de ter causado grande impacto na discussão sobre a libertação dos servos.

Também em 1843, conheceu a cantora de ópera Pauline Viardot, casada com o diretor de teatro Louis Viardot. Turguêniev manteve com ela uma longa relação que duraria até o fim da vida, e também travou amizade com seu marido; mais tarde, mudou-se para a casa dos Viardot em Paris e lá criou a filha, fruto de um relacionamento com uma camponesa. Durante sua permanência na França, tornou-se amigo de escritores como Flaubert, Zola e Daudet.

Turguêniev viveu a maior parte da vida na Europa, mas continuou publicando e participando ativamente da vida cultural e política da Rússia. Nos anos 1850 escreveu diversas obras em prosa, entre elas *Diário de um homem supérfluo* (1850), "Mumu" (1852), *Fausto* (1856), *Ássia* (1858) e *Ninho de fidalgos* (1859). Seu primeiro romance, *Rúdin* (1856), filia-se à tradição do "homem supérfluo" ao retratar um intelectual idealista extremamente eloquente, porém incapaz de transformar suas próprias ideias em ação. O protagonista encarnava a geração do autor que, depois de estudar fora, voltava para a Rússia cheia de energia, mas via-se paralisada pelo ambiente político da época de Nicolau I.

Em 1860 escreveu a novela *Primeiro amor*, baseada em um episódio autobiográfico. Dois anos depois publicou *Pais e filhos* (1862), romance considerado hoje um dos clássicos da literatura mundial. Seu protagonista Bazárov tornou-se representante do "novo homem" dos anos 1860. Abalado pela polêmica que a obra suscitou na Rússia — acusada de incitar o niilismo —, o autor se estabeleceu definitivamente na França e começou a publicar cada vez menos. Entre suas últimas obras, as mais conhecidas são *Fumaça* (1867) e *Terra virgem* (1877).

Autor de vasta obra que inclui teatro, poesia, contos e romances, Ivan Turguêniev foi o primeiro grande escritor russo a se consagrar no Ocidente. Faleceu na cidade de Bougival, próxima a Paris, em 1883, aos 64 anos de idade.

SOBRE A TRADUTORA

Fátima Bianchi é professora da área de Língua e Literatura Russa do curso de Letras da Faculdade de Filosofia, Letras e Ciências Humanas da Universidade de São Paulo. Entre 1983 e 1985, estudou no Instituto Púchkin de Língua e Literatura Russa, em Moscou. Defendeu sua dissertação de mestrado (sobre a novela *Uma criatura dócil*, de Dostoiévski) e sua tese de doutorado (para a qual traduziu a novela *A senhoria*, do mesmo autor) na área de Teoria Literária e Literatura Comparada, também na USP. Em 2005 fez estágio na Faculdade de Filologia da Universidade Estatal de Moscou Lomonóssov, com uma bolsa da CAPES.

Traduziu *Ássia* (Cosac Naify, 2002) e *Rúdin* (Editora 34, 2012), de Ivan Turguêniev; *Verão em Baden-Baden*, de Leonid Tsípkin (Companhia das Letras, 2003); e *Uma criatura dócil* (Cosac Naify, 2003), *A senhoria* (Editora 34, 2006), *Gente pobre* (Editora 34, 2009), *Um pequeno herói* (Editora 34, 2015), *Humilhados e ofendidos* (Editora 34, 2018) e *Crônicas de Petersburgo* (2020), de Fiódor Dostoiévski, além de diversos contos e artigos de crítica literária. Assinou também a organização e apresentação do volume *Contos reunidos*, de Dostoiévski (Editora 34, 2017). Tem participado de conferências sobre a vida e obra de Dostoiévski em várias localidades, é editora da *RUS — Revista de Literatura e Cultura Russa*, da Universidade de São Paulo, e ocupa o cargo de coordenadora regional da International Dostoevsky Society.

COLEÇÃO LESTE

István Örkény
A exposição das rosas
e A família Tóth

Karel Capek
Histórias apócrifas

Dezsö Kosztolányi
O tradutor cleptomaníaco
e outras histórias de Kornél Esti

Sigismund Krzyzanowski
O marcador de página
e outros contos

Aleksandr Púchkin
A dama de espadas:
prosa e poemas

A. P. Tchekhov
A dama do cachorrinho
e outros contos

Óssip Mandelstam
O rumor do tempo
e Viagem à Armênia

Fiódor Dostoiévski
Memórias do subsolo

Fiódor Dostoiévski
O crocodilo e
Notas de inverno
sobre impressões de verão

Fiódor Dostoiévski
Crime e castigo

Fiódor Dostoiévski
Niétotchka Niezvânova

Fiódor Dostoiévski
O idiota

Fiódor Dostoiévski
Duas narrativas fantásticas:
A dócil e
O sonho de um homem ridículo

Fiódor Dostoiévski
O eterno marido

Fiódor Dostoiévski
Os demônios

Fiódor Dostoiévski
Um jogador

Fiódor Dostoiévski
Noites brancas

Anton Makarenko
Poema pedagógico

A. P. Tchekhov
O beijo
e outras histórias

Fiódor Dostoiévski
A senhoria

Lev Tolstói
A morte de Ivan Ilitch

Nikolai Gógol
Tarás Bulba

Lev Tolstói
A Sonata a Kreutzer

Fiódor Dostoiévski
Os irmãos Karamázov

Vladímir Maiakóvski
O percevejo

Lev Tolstói
Felicidade conjugal

Nikolai Leskov
*Lady Macbeth
do distrito de Mtzensk*

Nikolai Gógol
Teatro completo

Fiódor Dostoiévski
Gente pobre

Nikolai Gógol
*O capote
e outras histórias*

Fiódor Dostoiévski
O duplo

A. P. Tchekhov
Minha vida

Bruno Barretto Gomide (org.)
Nova antologia do conto russo

Nikolai Leskov
A fraude e outras histórias

Nikolai Leskov
*Homens interessantes
e outras histórias*

Ivan Turguêniev
Rúdin

Fiódor Dostoiévski
*A aldeia de Stepántchikovo
e seus habitantes*

Fiódor Dostoiévski
*Dois sonhos:
O sonho do titio
e Sonhos de Petersburgo
em verso e prosa*

Fiódor Dostoiévski
Bobók

Vladímir Maiakóvski
Mistério-bufo

A. P. Tchekhov
Três anos

Ivan Turguêniev
Memórias de um caçador

Bruno Barretto Gomide (org.)
*Antologia do
pensamento crítico russo*

Vladímir Sorókin
Dostoiévski-trip

Maksim Górki
*Meu companheiro de estrada
e outros contos*

A. P. Tchekhov
O duelo

Isaac Bábel
*No campo da honra
e outros contos*

Varlam Chalámov
Contos de Kolimá

Fiódor Dostoiévski
Um pequeno herói

Fiódor Dostoiévski
O adolescente

Ivan Búnin
O amor de Mítia

Varlam Chalámov
*A margem esquerda
(Contos de Kolimá 2)*

Varlam Chalámov
*O artista da pá
(Contos de Kolimá 3)*

Fiódor Dostoiévski
Uma história desagradável

Ivan Búnin
O processo do tenente Ieláguin

Mircea Eliade
Uma outra juventude
e Dayan

Varlam Chalámov
Ensaios sobre o mundo do crime
(Contos de Kolimá 4)

Varlam Chalámov
A ressurreição do lariço
(Contos de Kolimá 5)

Fiódor Dostoiévski
Contos reunidos

Lev Tolstói
Khadji-Murát

Mikhail Bulgákov
O mestre e Margarida

Iuri Oliécha
Inveja

Nikolai Ognióv
Diário de Kóstia Riábtsev

Ievguêni Zamiátin
Nós

Boris Pilniák
O ano nu

Viktor Chklóvski
Viagem sentimental

Nikolai Gógol
Almas mortas

Fiódor Dostoiévski
Humilhados e ofendidos

Vladímir Maiakóvski
Sobre isto

Ivan Turguêniev
Diário de um homem supérfluo

Arlete Cavaliere (org.)
Antologia do humor russo

Varlam Chalámov
A luva, ou KR-2
(Contos de Kolimá 6)

Mikhail Bulgákov
Anotações de um jovem médico
e outras narrativas

Lev Tolstói
Dois hussardos

Fiódor Dostoiévski
Escritos da casa morta

Ivan Turguêniev
O rei Lear da estepe

Fiódor Dostoiévski
Crônicas de Petersburgo

Lev Tolstói
Anna Kariênina

Liudmila Ulítskaia
Meninas

Vladímir Sorókin
O dia de um oprítchnik

Aleksandr Púchkin
A filha do capitão

Lev Tolstói
O cupom falso

Iuri Tyniánov
O tenente Quetange

ESTE LIVRO FOI COMPOSTO EM SABON,
PELA BRACHER & MALTA, COM CTP DA
NEW PRINT E IMPRESSÃO DA GRAPHIUM
EM PAPEL PÓLEN NATURAL 80 G/M² DA
CIA. SUZANO DE PAPEL E CELULOSE PARA
A EDITORA 34, EM JUNHO DE 2023.